écriture　新人作家・杉浦李奈の推論 V

信頼できない語り手

JN092154

松岡圭祐

角川文庫
23219

目次

1

春先に文芸界、出版界にとって最悪の惨劇が発生した。

茅場町《かやばちょう》のリゼロッテ東京ホテルで大規模火災。宴会ホールでは日本小説家協会の懇親会が開かれていた。このホールの出入口は、外からしか施錠できないのだが、すべて鍵《かぎ》をかけられたうえ、内部に不審火が発生したとみられる。すなわち放火殺人の痕《こん》跡《せき》があった。

消火設備が事前に破壊されたため、スプリンクラーは作動しなかった。懇親会に参加していた小説家、評論家、出版社の編集や営業職などの社員、銀座《ぎんざ》のホステス、ホテル従業員、ケータリング業者など、二百十八人が死亡。かろうじて救出されたのは、六十八歳のベテラン小説家と、女性従業員のふたりのみだった。消火活動に従事した消防士も十七名が負傷した。

国内で最も権威ある文筆業の団体、日本小説家協会の懇親会だけに、著名な作家も数多く出席していた。

大型書店の文芸書コーナーで、作家別のプレートに連なる名の、じつに三分の一超が命を落としてしまった。特に国民の誰もが知る、年収億超えとされる上位三十名のベストセラー作家陣のうち、二十一名が他界した。

出版大手各社の編集長や副編集長、有名作家の担当編集者らにも、大勢の犠牲者がでた。講談社、集英社、小学館、新潮社、文藝春秋など、どの版元も翌月以降の文芸書刊行を中止せざるをえないほどの事態だった。NHKや日本経済新聞は、この状況を〝文壇を襲った史上最悪の災厄〟と報じた。

著名な小説家らの作品は、広く世界で翻訳出版されている。このため海外も騒然となった。ノーベル文学賞の選考委員会、スウェーデン・アカデミーが哀悼の意を表した。読書好きで知られるノルウェー王太子妃も、喪に服すことを宣言。各国政府および文化機関、国際推理作家協会や全米作家協会といった団体まで、あらゆる方面からお悔やみの声が届いた。

三省堂《さんせいどう》書店や紀伊國屋《きのくにや》書店、有隣堂《ゆうりんどう》、大垣《おおがき》書店など全国大手書店も、店頭に半旗を掲げた。大日本《だいにっぽん》印刷と凸版《とっぱん》印刷は合同で、新聞六紙に全面訃報《ふほう》広告を出稿した。

ショッキングな報道がいち段落すると、今度は放火犯について臆測《おくそく》が飛び交いだした。犯人はいまだ捕まらず逃走中で、素性もあきらかでなかった。警察の捜査が遅々として進まないせいもあり、マスコミやネット上では、さまざまな疑惑がささやかれた。

まず槍玉《やりだま》にあがったのは、懇親会に出席しなかった小説家たちだった。ベストセラー作家がライバルを蹴落《けお》とすためにやった、いや売れない作家が僻《ひが》みゆえの凶行に走ったと、名誉毀損《きそん》にもなりかねない決めつけが横行した。

唯一救出されたベテラン小説家の名が、当初は伏せられていたことから、この人物が容疑者ではないかとの憶説もあった。のちに生存者は藤森智明《ふじもりともあき》という往年の人気作家で、下肢障害1級、車椅子の使用者とあきらかになった。本当に歩けないことは主治医らによる医療検査で証明されている。藤森は煙を吸って危篤になりかけたが、二十七歳のホテル従業員である伊藤有希恵《いとうゆきえ》が車椅子を押し、ともにホール内の隅に避難。ふたりで防炎カーテンをかぶり、必死に灼熱《しゃくねつ》地獄を耐えていた。消防隊の突入がぎりぎり間に合い、かろうじて一命を取り留めた。

防炎カーテンにくるまった者はほかにもいたが、多くは火がまわり、還らぬ人となってしまった。このふたりだけが助かったのは、旅客機墜落時の生存者と同様、本当に奇跡的な偶然にすぎない。専門家チームによる厳格な検証により、その事実が立証されている。生き延びたふたりにしても、極度の脱水症状と一酸化炭素中毒の後遺症により、慢性的な頭痛と学習記憶障害に悩まされている。以後もリハビリのため入院中だった。そうした内情が公表されると、無責任な発言はようやく鳴りを潜めた。

しかし死亡した作家陣の熱狂的ファンらを中心に、なおも生存者ふたりへの誹謗《ひぼう》中傷はやまなかった。〝代わりに死ねばよかったのに〟、そんな心ない声がネット上に散見された。一方で車椅子の藤森を救おうと身を挺《てい》した、若い女性従業員の勇気を賞賛する声も多かった。

のちにふたりは生存者どうし養子縁組を結んだ。藤森は独身で子供がおらず、有希恵も両親の離婚後は自立していた。ふたりは以前からの知り合いではなかったが、互いを支えあって生きることにきめたという。藤森智明の著書は近年、さほど売れているとはいいがたく、年収も数百万円ていどだった。すなわち有希恵のほうも、財産めあてに養女になったわけではなかった。

これは惨劇の遺《のこ》した唯一の心温まるエピソードといえる。記事にしようとする新聞社や週刊誌が後を絶たず、ノンフィクション本の刊行を持ちかける出版社まで現れた。しかし藤森は作家業を引退すると打ち明けた。以後はそっとしておいてほしいと、有希恵とともに語った。

とはいえ生存者の証言は貴重だった。ふたりとも警察の捜査には協力を惜しんでいない。有希恵の話によれば、懇親会は立食パーティー形式だった。スピーチの合間、参加者のひとりが「ドアが開かない」と声を張った。従業員らがほかのドアを試したが、いずれもびくともしなかった。裏に抜けられる従業員専用口は防火扉の仕様だったが、これも閉じられたうえ、いつの間にか施錠されていた。ただしその段階ではパニックも起こらず、作家らが「事件だな」と軽口を叩《たた》き、笑い合っていたという。ハプニングをイベントと受けとる向きもあったようだ。

ところがそのとき、食品を陳列したいくつかのテーブルが、そこかしこで同時に燃えあがった。どのテーブルだったかは、生存者ふたりで記憶に多少ちがいがある。藤森はサーモンのムニエルが載っていたテーブルと、オマール海老《えび》のテーブルだと証言した。有希恵はサーモンのムニエルのテーブルはたしかに燃えたが、オマール海老のテーブルではなく、その隣にあたる仔牛《こうし》ヒレ肉のソテーのテーブルから出火したといった。いずれにせよ、ふたりが目撃したのは至近のテーブルにかぎられたようだ。実際には宴会ホールじゅうのテーブルのあちこちで、いっせいに火の手があがっていた。

ここまでの証言に嘘や勘ちがいがないことは、警察による現場検証と、消防署の火災調査で裏付けられている。確認しうるすべての物質的痕跡が事実を立証していた。

多少あやふやなのは、どのテーブルが最初に燃えだしたかという、ただ一点のみに尽きた。

警察と消防の調べにより、十一のテーブルの下から不審な物体が見つかった。カセットコンロを改造した発火装置とみられ、テーブルの脚にくくりつけられていた。テーブルクロスに隠れ、従業員らも気づかなかったと思われる。

テーブルを用意した外部スタッフたちが取り調べを受けたものの、容疑者が特定されたという報道はない。ホテルの厨房《ちゅうぼう》係や複数のケータリング業者が事情をきかれているが、死亡してしまった者も少なくないため、実態解明は容易ではなかった。

懇親会参加者は生死を問わず、全員が容疑者から除外された。テーブルがセッティングされたのは、懇親会が始まる一時間以上も前であり、そのころは受付すら始まっていなかった。すべての出入口を外から施錠した者が、宴会ホール内に居残っていたはずもない。閉じこめられた時点で九割九分焼死してしまう。消防隊の突入が数秒遅かったら、生存者のふたりも死亡していたのは確実だ。

どう転んでも生存者ふたりが容疑者になりえない、そう証明されたためか、ゴシップ好きは不満を募らせたらしい。攻撃の矛先を無闇矢鱈《やたら》と、あらゆる方面に向けだした。

犠牲者の作家らがいなくなって、得をする者は誰だろうか。目の上のたんこぶが消え、出世が見こめる小説家や業界関係者といえば。そんな当て推量に基づき〝疑惑の業界人一覧〟という、とんでもないサイトが登場した。誰でも匿名で書きこめるうえ、投票ボタンにより〝疑惑度〟のアンケート結果が、常時表示される仕組みだった。

売れない新人作家、二十三歳の杉浦李奈《すぎうらりな》も、ありがたくないことにサイトに名が挙がってしまった。

2

梅雨の季節、土砂降りの昼下がりだった。李奈は暗澹《あんたん》とした気持ちで、レンタルの喪服に身を包んだ。増上寺《ぞうじょうじ》でおこなわれた合同慰霊祭にでかける。傘をさしながらの参列になった。

一緒に出席した作家友達、同い年の那覇優佳《なはゆうか》や、少し年上の曽埜田璋《そのだあきら》も、やはり憂鬱《ゆううつ》な面持ちだった。ふたりの名もサイトに書きこまれている。日本国内で小説家の肩書きを持つ人間は、片っ端から槍玉にあがっている感じだ。当然ながら合同慰霊祭の出席者の大半がそこに該当する。

とはいえマスコミは遠巻きに見守るのみで、囲み取材も著名な作家に集中したため、李奈たちは特に迷惑を被らなかった。門の前に群がる報道陣のわきを抜け、喪服の集団が日比谷《ひびや》通りを引き揚げる。李奈は優佳や曽埜田とともに、そのなかに加わっていた。傘をさしているせいで、周りと一定の距離が生じる。それもいまは悪くないと感じられる。

黒い傘の黒スーツがひとり近づいてきた。李奈の横に並び、歩調を合わせてくる。三十代半ば、面長に丸眼鏡の菊池荘輔《きくちそうすけ》だった。KADOKAWAの社員で、李奈と優佳の担当編集者、菊池が神妙な顔でつぶやいた。「きみらが懇親会に出席していなくてよかった」

優佳が不愉快そうに鼻を鳴らした。「ここだけの話、とばっちりはうんざり」

曽埜田もうなずいた。「〆切《しめきり》間近で忙しくて欠席しただけなのに、警察までが事情をききにくるなんて。協会員ってだけで怪しまれてます。心外ですよ」

菊池が指先で片方の眉《まゆ》を掻《か》いた。「わかるよ。うちの会社も風当たりが強くてね。大手で社員の被害者が皆無だったのはうちだけだ」

KADOKAWAは昨年以降、日本小説家協会と対立関係にあった。瀬川満《せがわみつる》という無名作家が、KADOKAWAで小説の出版を断られた旨、日本小説家協会に直訴した。すると協会長の名義でKADOKAWAに抗議がなされた。事前に出版を確約したわけではないとKADOKAWAは異議を唱えた。騒動はSNS上で拡散され、両者の溝は深まった。これを受け、KADOKAWAの社員は懇親会に出席しなかった。結果として犠牲者ゼロにつながった。

　このため〝疑惑の業界人一覧〟サイト上には、KADOKAWAの役員から編集者まで、過去に公になった社員の名がすべて挙がる始末だった。

　菊池がため息をついた。「僕の名前まで書かれてる。汰柱桃蔵《たばしらとうぞう》さん事件のとき、取材に応《こた》えて、週刊誌に氏名がでただけなのに」

　優佳は同情するようすもなくこぼした。「一蓮托生《いちれんたくしょう》。小説家の苦悩を担当編集も分かつべき」

「平等だっていうのか？　なら櫻木《さくらぎ》沙友理《さゆり》さんは？　懇親会を欠席した人気作家のなかで、彼女だけは非難を受けていない。圧倒的な読者の支持を集めてるからだ」

　李奈は諫《いさ》めた。「声が大きいですよ」

　喪に服す人々の列は、ただ黙々と歩を進めている。菊池はばつの悪そうな顔で口をつぐんだ。傘に打ちつける雨音のせいで、声量を増しがちになる。その自覚なしに愚痴をこぼすのは好ましくない。

優佳が低い声でささやいた。「わたしのところにも、きのう刑事が来た。李奈は？」

「きょうの夕方に訪問するって……。懇親会をなぜ欠席したか、当日どこにいたか、すべての協会員にきいてまわってるとか」

口頭で答えるだけでは、どうせ警察も納得しない。優佳はふだんからスマホのロケーション履歴をオンにしていたという。当日の何時何分、どこにいたか、GPS位置情報データが定期的に記録される。それをアリバイの証拠として警察に引き渡したようだ。別人がスマホを持ちまわったのでないことは、行った先々の防犯カメラの録画映像により、そのつもりになれば確認できるだろう。

ずいぶん気が利きますね、警察はそんなふうに嫌味を口にしたらしい。推理作家ですからと、優佳は吐き捨ててやったという。

李奈は警察に対し、協力する意思はあったものの、気が進まないのはたしかだった。合同慰霊祭の出席を終え、まっすぐ阿佐谷《あさがや》のアパートに帰るや、李奈は普段着に着替えた。午後五時すぎに刑事たちが訪ねてきた。初めて目にする顔ぶれだった。

四十代前半ぐらいの江郷《えごう》と、三十代後半とおぼしき徳平《とくひら》、ふたりは警視庁捜査一課だという。ほかに二十代後半に見える篠井《しのい》と嶋仲《しまなか》、こちらは事件現場を管轄とする中《ちゅう》央署《おう》。みな丁重な態度をしめすものの、これまで会った私服刑事よりずっといかつい外見を誇る。

刑事ら四人は玄関先での立ち話ではなく、部屋にあがっていいですかと、真っ先にたずねてきた。李奈は了承した。全員でダイニングテーブルを囲む。李奈の側も三つ年上の兄、航輝《こうき》が同席している。足りない椅子は書斎兼寝室から引っぱってきた。挨拶《あいさつ》もそこそこに、李奈は書類の束を差しだした。「三月十日木曜日、懇親会当日のわたしの行動です。午前中はコンビニでバイト、午後から泊まりがけで静岡に行きました。現地の画像や、立ち寄った場所を記した地図のプリントアウトです」

江郷刑事が書類を眺めた。「なんの取材ですか」

「講談社で打ち合わせ中の新作に、三保松原《みほのまつばら》を絡めてほしいといわれ……。現地に出向いたんです」

「すると取材費は講談社さん持ちですか」

「いえ。よほど売れてる人はちがうかもしれませんが、小説家の取材は基本、自己負担です。出版が決定してるわけじゃないので」

「じゃ個人旅行と変わらないんですね。おひとりで行かれたんですか」

「はい。行った先々で画像を撮ってます。動画もあります」

「フレーム内に日付と時刻は入ってますが、たしかにそのときに撮られたという証拠は……？」

「すべてスマホカメラで撮影していますので、GPS位置情報とともに、画像データがクラウドに記録されてます。ご覧のように自撮りも多く含んでいます。携帯キャリア会社に問い合わせていただければわかるかと」

「会社がデータの開示に同意してくれればいいんですけどね」

兄の航輝が咳《せき》ばらいをした。「まずはお礼をいうべきだと思いますけどね。妹は忙しい合間を縫って、わざわざ自分のアリバイを証明してるんですよ」

李奈は戸惑いをおぼえた。「なんだか怪しくきこえない？」

「なんでだよ」航輝がむっとした。「こんな扱いを受ける謂《いわ》れはないって、抗議してるんじゃないか」

警視庁の若いほうの刑事、徳平がよく通る声でいった。「ご不満はごもっともです。行く先々でお叱りは受けています。しかし私たちも仕事ですので、どうかご理解いただけないかと」

江郷刑事は書類に目を落としていた。「ええと、懇親会は午後四時からでしたね。朝から会場の準備は始まっていましたが、杉浦さんはコンビニで働いておられたそうなので、これも問題ないでしょう」

中央署の篠井刑事がきいた。「バイトも取材の一環かなにかで……？」

「いえ」李奈は首を横に振った。「小説家だけでは食べていけないからです」

航輝が部屋のなかを指ししめした。「この暮らしぶりを見てわかりませんか」

「お兄さん」江郷刑事がなだめるような口調に転じた。「的外れな質問やぶしつけな発言もあるかと思いますが、どうかお許し願えませんか。私たちも出版界には詳しくないので。これらの資料はありがたいと思っております。ところで杉浦さん。田中昂《たなかこう》然《ぜん》先生をご存じですか」

大御所ミステリ作家だ。岩崎翔吾《いわさきしょうご》事件の取材中に会ったことがある。李奈はうなずいた。「いちおう面識はあります」

「田中さんの発言に過去、気になるところはありませんでしたか」

ああ。警察がなにを気にしているのか、李奈にはおおよそ見当がついた。KADOKAWA富士見《ふじみ》ビルで、田中昂然は李奈にこぼしたことがある。推協のパーティー、あれはよくないな。売れとる小説家が一か所に集まっとる。会場に火を放たれたら文芸界の終わりだ。芽のでない作家が犯行を思いつくかもしれん。

推協とは日本推理作家協会のことだ。日本小説家協会の懇親会にも同じことがいえる。田中はあちこちでそういう発言をしていたのだろう。誰かが警察に密告したのかもしれない。

李奈は穏やかにいった。「あくまで冗談でしょう。本気でとらえるようなものでは……」

「悪いことに田中さんも、懇親会を欠席しておりましてね。おかげでご健在なのですが、当日のアリバイがはっきりしないとか。ひとり部屋に籠《こ》もって執筆なさってたそうなので」

「わたしにきかれても困りますけど」

「ですね」江郷はスマホをいじった。「しかし大変でしょう。上場してる大手出版社の株価が事件直後、千百四十円も急落しましたよね。終値ベースでも前日比五百七十円の下落……」

航輝が遮った。「このところ回復傾向だとききましたが。書店でいろんな作家の追悼フェアがおこなわれてるし、本好きのあいだでは買い支えようって動きもあるみたいですから」

徳平刑事がうなずいた。「そうです。そこでお尋ねしたいのですが、ああいう事件を起こして、最も得をする人間は誰でしょうか」

李奈は物憂げに応じた。「少なくともわたしたち売れない小説家じゃありません。メリットがないんです。亡くなった人気作家のみなさんの本は、追悼フェアでベストセラーになってますし、今後も愛されるでしょう。才能ある新人作家も登場してきます。マイナー作家が繰り上げでメジャーになるわけじゃありません」

「メリットやデメリットとは関係なく、被害者らに怨恨《えんこん》を抱くような人物に心あたりは？」

「ありません。超有名どころの作家さんたちに、そんなに知り合いはいませんでしたし」

「小説家協会の懇親会といっても、有名作家でない協会員も多く出席していたはずですよね。大量殺人に見せかけて、じつは特定のひとりかふたりが標的だったかも。狙われたのは無名な作家で、殺された理由も小説とは関係ないとか」

航輝が不満げな態度をあらわにした。「そんな話、ここでなさったところで、いったいなんになるんですか」

江郷刑事が片手をあげた。「いや。なにしろ杉浦さんには、うちの山崎《やまざき》や佐々木《ささき》もお世話になったので……。今回もお知恵を拝借できないかと、勝手に期待しておりまして」

「そんなふうにいいながら、妹になにか怪しい点はないかと探ってるように思えますが」

「なぜそうおっしゃるんです？　お兄さんにはなにか心配ごとがおありなんですか？」

いかにも警察らしい。李奈は兄の航輝を制した。「もういいから」

江郷刑事は資料の束を携え、ふいに腰を浮かせた。「これらはありがたくお借りします。ご無礼のほど、なにとぞお許しください。ではほかもまわらねばならないので」

刑事たちが立ちあがった。李奈と航輝もそれに倣った。おじぎをしながら李奈はいった。「どうもご苦労さまでした」

「ああ、そうそう」江郷刑事が手帳のページを繰った。「さっき櫻木沙友理さんにも会ってきましてね。杉浦さんにお目にかかりたいとおっしゃってました」

李奈は兄と顔を見合わせた。櫻木沙友理。京都出身の二十五歳、押しも押されもしない超人気作家だった。

恐縮せざるをえない。李奈はささやいた。「面識がないわけじゃないんですが、ろくに言葉を交わしたこともなくて……」

「ええ。櫻木さんもそうおっしゃってました。それでもお話ししたいそうで、連絡先をお渡しするよう頼まれてます」江郷がメモ用紙を差しだしてきた。「警察は本来、伝言を請け負ったりしないんですけどね。今回は特別です」

航輝が訝《いぶか》しげな顔になった。「作家どうしの交流なんて、出版社の編集者を介せばいつでも可能でしょう。なんで櫻木さんが警察に伝言を……」

李奈は首を横に振った。「櫻木さんの場合は事情がちがうの。スーパーアイドル並みの人気者だから、仕事で関わりのない編集者に連絡をとりづらいらしくて」

「執筆依頼を受けると困るから？　お高くとまってるな」

本当はどうなのだろう。李奈は櫻木沙友理の性格面について、ほとんどなにも知らなかった。数少ない関係者の話では、ブランド好きで無愛想なところがあるという。汐先島《しおさきじま》では別々に保護された。取り調べ後、高松北《たかまつきた》署の廊下で会釈を交わしただけだ。なんとなく近寄りがたいオーラを放っていた。それしか記憶にない。

李奈は江郷刑事にきいた。「櫻木さんがわたしになんの用でしょうか」

「本人にお尋ねください」江郷は去りぎわに真顔で頭をさげた。「同業のかたが多く亡くなられ、お力落としのところ、無理に押しかけてしまい恐縮に存じます。大変ご迷惑をおかけしました。遅ればせながらお悔やみを申しあげます」

テンプレのような台詞《せりふ》をすらすらと口にした。刑事たちが立ち去っていく。靴を履き、ドアの外にでてから、また一礼する。全員が足ばやに姿を消した。

航輝がさも不快そうにぼやいた。「どうだろな、根拠もなく人を容疑者あつかいするあの態度」

本人たちも因果な商売だと感じているだろう。李奈はメモを眺めた。困惑が胸のうちにひろがる。櫻木沙友理。向こうから声をかけてくるとは夢にも思わなかった。

3

晴れた日の午後だった。李奈は自分なりにお洒落《しゃれ》と思える、よそ行きの服をまとい、地下鉄白金台《しろかねだい》駅の階段を上った。

駅前の目黒《めぐろ》通り沿いは整然とし、落ち着いた雰囲気が漂う。広告看板がないせいかもしれない。緑豊かな公園の脇道から一本裏に入る。贅《ぜい》を尽くした高級住宅街がひろがっていた。

少女漫画にでてくるような、ヨーロピアン調のフェンスがつづく。どの家も敷地面積が広い。家自体もレンガタイル張りや塗り壁の、大きな洋館がほとんどだった。

めざす住所にはすぐに行き着いた。百坪はあるだろう敷地に英国風の庭園、ガレージには高級外車が停まっている。屋敷もまるで古城の風格だった。上げ下げ式の窓ひとつに、過剰なほどの装飾が縁取る。どこかの国の大使館といってもおかしくない。ホームセキュリティのステッカーが光る。

本当にここだろうか。不安とともに門柱を眺める。ごく小さな表札に橘《たちばな》とあった。橘優空《ゆあ》。櫻木沙友理の本名だった。親の家ではなく、彼女のひとり暮らしだという。

インターホンのボタンを押す。白髭《しろひげ》に燕尾服《えんびふく》の執事がでてくる雰囲気だが、さすがにそれはなかった。玄関のドアが開き、櫻木沙友理その人が姿を現した。

初夏のカジュアルファッションだが、高級ブランドばかりにちがいない。白のノースリーブニットに、ベージュのギャザースカート。シルエットの美しさがちがう。すらりと背が高く、ほっそりと痩《や》せたモデル体形。ウェストは線のごとく細く、脚は異常なほど長かった。黒髪はストレートロング、肌艶《つや》のいい小顔。目がぱっちりとした美人顔が、うつむきかげんに近づいてくる。

門扉が開けられた。李奈はよそよそしさを自覚しながら、ぎこちなく頭をさげた。「どうも……」

櫻木沙友理のほうも人見知りな態度をしめしている。目を合わせずぼそりと告げてきた。「どうぞ……」

沙友理につづき、庭に延びる石畳の上を歩いていく。玄関のドアを入ってまた面食らう。螺旋《らせん》階段を備えた吹き抜けの玄関ホール。そこだけで李奈の住む阿佐谷のアパート、二間ぶんの面積を優に超える。

冗談を口にすべきかどうか迷う。李奈は控えめにささやいた。「これだけあれば充分に暮らせそうです」

これだけという言葉を、家主は屋敷全体ととらえたらしい。沙友理があっさりとうなずいた。「書架にあとふた部屋ぐらいあれば完璧《かんぺき》なんだけど」

李奈は口ごもった。沙友理も妙な空気を感じたのか、李奈を振りかえった。なんとなく会話が嚙《か》み合わず、気まずい空気が漂う。沙友理がスリッパを勧めてきた。李奈はそれを履き、白く光沢のあるフローリングを歩きだした。

廊下沿いの半開きのドアから室内がのぞけた。黒い壁に黒いソファ、壁一面を覆う白スクリーン。プロジェクタールームか。ミニシアター並みの設備だった。廊下の突きあたりは輸入住宅然としたリビングルーム。猫脚のテーブルやソファだけではない。天井から吊《つ》り下がるシャンデリアが、姫のような暮らしを演出する。やはりヨーロピアン調の回り縁に花柄の壁、マントルピースまである。

この部屋には見覚えがあった。櫻木沙友理の数少ないインタビュー記事に写真が載っていた。どこかのスタジオかと思いきや、まさかの自宅だったとは。たぶん李奈の年収では、調度品ひとつ買えないだろう。

室内と廊下の二か所にルンバがあったが、自動掃除ロボットだけで、すべての床をきれいにできるのだろうか。清掃だけでも大変な作業になるはずだが。

沙友理はリビングには入らず、隣のドアにいざなった。そこも十畳以上の洋間で仕事部屋だとわかる。パソコンを置いたデスクにしろ書棚にしろ、モダンで瀟洒《しょうしゃ》な高級家具で統一されていた。こんな生活を送る小説家が、本当にこの世にいるとは信じがたい。

書斎にしては広すぎるせいか、部屋の真んなかで振りかえった沙友理の姿が、妙に手持ち無沙汰《ぶさた》に見える。接客に慣れていないらしく、沙友理は戸惑う素振りをしめした。「あの……。なにか飲む?」

「いえ」李奈は笑ってみせた。「どうかおかまいなく。ご用件は……?」

「立ち話もなんだから座ろっか」沙友理はクッションを二個持ってきた。それをフローリングに置き、長い脚を曲げながら腰を下ろす。

部屋の面積や豪華さに反し、ライフスタイルは二十代のひとり暮らしそのものだった。どこかほっとさせられる。李奈も沙友理に倣い、向かい合わせに床に座った。

この線の細い女性が『最期のとき』『葵とひかるの物語』の著者か。命を削りながら執筆したとしか思えないほどの凄絶《せいぜつ》な小説、まぎれもない天才のなせるわざ。暮らしぶりは当然のこととして、いまそれだけの天才とふたりきりになっている。そんな状況自体が信じられない。

沙友理は視線を落とした。「あのぅ。まずは汐先島のこと、お礼をいいたくて」

あらたまってそんなふうにいわれると気がひける。李奈はまたおじぎをした。「こちらこそ……」

「なんでこちらこそ?」

「あ、いえ。勉強になったので。結果的にですけど。貴重な経験だったし」

「おおげさじゃなく、杉浦さんはわたしの命の恩人でしょ。だからもっと早く会いたかった。KADOKAWAや講談社の担当さんには電話したんだけど……」

「そうだったんですか」

「やたら鼻息荒く応答してくるから、怖くなって切っちゃって」

「ああ……。やっぱり。櫻木沙友理さんからの連絡じゃ、冷静でいられる編集者は少ないと思います」

「ずっと杉浦さんの連絡先がわかんなくて。SNSも本人じゃなさそうだし」

「え？　わたしごときにニセモノのSNSなんて……」

「でも公式のマークもついてなかったし、フォロワー数が……」

わずかふた桁《けた》。認識に大きなズレを感じる。沙友理にしてみれば、作家本人のSNSとしてありえない数字なのだろう。公式のマークも漏れなく付くと思いこんでいるあたり、いかにも下積みのない超有名人らしい。

沙友理は申しわけなさそうな顔になった。詫《わ》びを口にしようにも、それが李奈を見下げていることにならないか、しきりに気にしているようだ。

いまならわかる。汐先島にいた小説家たちの批判は、やっかみでしかなかった。沙友理は思慮深い。けれども若くしてこんなに売れていれば、人見知りな態度が誤解されたりもするだろう。

「ごめんね」沙友理が低い声で告げてきた。「わたし、人づきあいが得意じゃないから……。小説もただ書いてるだけなのに、へんに過大評価されちゃって」

李奈は笑ってみせた。「過大評価でこの素敵なお屋敷は建ちませんよ」

「将来は収入が減ってもいいように、いまのうちに頑張っておこうと思っただけ。ずっとつづくなんて期待できないし」

「そんなこと……。櫻木さんは天才じゃないですか」

褒められたがってはいないようだ。沙友理は浮かない顔で首を横に振った。「自分の心配どころか、業界の先行きすら不透明でしょ。来年にはどうなるか」

「櫻木さんは安泰でしょう。羨《うらや》ましいです」

「なんで？」

「なんでって……。わたしたちはいざ知らず、櫻木さんには圧倒的な数のファンが……。支持も全然揺らがないし」

「そう思える？」沙友理はにこりともせず、ふいに立ちあがった。近くのクローゼットを開けにかかる。

クローゼットのなかに服は吊られていなかった。代わりに封筒や便箋《びんせん》が山ほどおさまっている。沙友理が手を伸ばすまでもなく、それらが床に溢《あふ》れだした。

李奈は驚きながら、数枚の便箋を拾いあげた。「これは……？」

「時代は巡るよね」沙友理が憂鬱《ゆううつ》そうにクッションの上に戻った。「ネットの誹謗《ひぼう》中傷だと、IPから発信元をたどられるからって、古典的な方法に戻ってる」

封筒の宛先《あてさき》は爽籟《そうらい》社。差出人の名はないが、消印は全国津々浦々だった。どれも手書きでなくプリンターによる印字。ただしフォントも文字サイズもまちまちで、手紙の数だけ差出人がいると推測される。

内容は沙友理に対するヘイトに終始していた。〝ライバルがごっそり減って儲《もう》けものでしたね〟〝有名作家ばかりの懇親会に出席しないなんて不自然じゃないですか？〟〝あなた以外に犯人は考えられません。たくさんの貴重な命をかえしてください〟〝おまえが人を雇って、大勢の作家を皆殺しにしたんだろ。わかりきってる〟〝報いを受けやがれ勘ちがいブス〟〝汐先島で死んどきゃよかったんだ〟〝隠遁《いんとん》者を気どるな。どこに住んでるかも完全に秘密にしやがって、卑怯《ひきょう》者〟〝氏ねじゃなく死ね〟〝百歩譲って貴様が犯人じゃなくても、のうのうと作家活動をつづけるのは許せない。いますぐ地獄に堕《お》ちりゃいい〟……。

火災で犠牲になった作家のファンを名乗り、誰々の本の販売スペースを櫻木沙友理が奪うのは見過ごせない。そんないいぐさが多く目についた。沙友理の著書を燃やした写真も添えてある。彼女の顔を、無関係の裸体や死体に嵌《は》めこんだ、悪質な合成写真も含まれている。

とても正視に耐えない。李奈はつぶやいた。「ひどい……」

沙友理は涙ぐんでいた。「どうやらわたし、よほど出版社に守られてると思われているらしくて。ネットに悪口を書かれたら、たちまち弁護士が動いて、警察が捜査に乗りだすみたいな」

たしかにそんな印象はある。李奈は応じた。「櫻木さんが話題になった当初、爽籟社さんがそんな声明をだしたような……」

「誹謗中傷には法的対処をとりますってやつだよね。決まり文句にすぎないんだけど、デビュー作が急激に売れた直後だったから、やたらSNSで拡散されちゃった。実際にはほら、爽籟社の新しい担当なんて、こういう手紙の中身もたしかめずに転送してくる」

李奈は写真をまとめて床に伏せた。「こんなやり方のほうがネットより、ずっと物理的な証拠が残ると思います」

「何通か刑事さんに見せたんだけど……。無視すりゃいいってアドバイスだけで、指紋をとろうともしない。わたしが殺されでもしないかぎり」

「被害届を受理してくれないんですか」

「いえ。被害届はいつでも受け付けるって。でも特定は無理そうって、刑事さんも明言してた」

全国のポストに投函《とうかん》された、匿名の普通郵便。沙友理が暴行被害にでも遭わないかぎり、わざわざ指紋を採取しない。たとえ調べたところで、あるていど容疑者を絞りこまないことには、DNA型の照会すらできない。なのに脅迫文も差出人も多すぎる。一警察署の管轄にも収まらないため、手間と人員、経費ばかりがかかってしまう。結果として警察は二の足を踏む。

沙友理はなにを相談したいのだろうか。李奈はたずねた。「これらの差出人を炙《あぶ》りだしたいとか……？」

「いえ」沙友理が見つめてきた。「もっと難しいこと」

「まさか……」

「そのまさか。放火犯を特定できない？　わたしたちで」

「そんな」李奈は深刻な思いを抱いた。「それなら警察が捜査を……」

「警察なんて頼りにならない。汐先島でそう思った」沙友理は切実にいった。「真っ暗な部屋に閉じこめられて、もう駄目かと覚悟をきめてた……。あなたがいなかったら、わたしはもう……」

「成り行きでしかなかったんです。運もよかった。危うくまちがった臆測《おくそく》のまま島をあとにするところでした」

「でもそうならなかったでしょう？　杉浦さん。お願いだから力を貸して。出版界の未来に関わる問題なの。ほかの小説家さんも苦労してるはず。あなたもそうでしょ？」

「たしかにそうですけど……」李奈は戸惑いがちにうなずいた。「たぶん放火犯が特定されないかぎり、小説家は誰ひとり、心穏やかには生きられないでしょう」

「だから杉浦さんじゃなきゃ駄目なの。出版界は閉鎖的だし、警察にしてみれば、あまり馴染《なじ》みのない業界でしょ。あなたは作家や出版社に関わる事件を解決に導いてる」

「小説のなかなら、そういうキャラも立つでしょうけど、わたしはちがいます。つきあいのある出版社も数社だけです」

「わたしは爽籟社としかつきあいがない。命の恩人にまた頼みごとなんて気が引けるけど、わたしにはあなたしかいないの」

「買いかぶりすぎですよ。わたしはただのラノベ作家です。たぶん初刷部数は櫻木さんの百分の一……」

「あなたの書いた『偶像と虚像』を読んだ。岩崎翔吾さんの事件の真相を突きとめるまでの経緯に圧倒された。『シンデレラはどこに』もあなたの著書でしょ？」

「お読みになったんですか」

「もちろん」

「でも今回みたいに大きな事件は……」

「お願い」沙友理の潤んだ目は赤く染まりだしていた。「いまのままじゃ耐えられない」

誹謗中傷の手紙の山を眺めた。業界の未来を案じる以上に、沙友理は日々の辛《つら》さを嚙《か》み締めている。恵まれた立場とみなされるだけに、この状況を公表したところで、同情の声はあがりにくい。アンチをいっそう勢いづかせるだけだ。汐先島で沙友理は孤独な立場に置かれていた。この屋敷でも同様だった。

仕方がない。たしかに現状のままでは、李奈自身も心が安らがない。いまや文芸界全体が危機的状況にある。なにより真実を知りたい。なぜ多くの作家や出版社員が命を落とさねばならなかったのか。

李奈はおずおずといった。「でも調べようにも、わたしにはなんの権限もありません。誰かと会うにしても、どう段取りをつければいいのか……」

手応《てごた》えを感じたからだろう。沙友理は安堵《あんど》したように表情を和らがせた。「そこはわたしが後押しするから……。わたしからの電話を歓迎する人は、業界に少なくないと思うし」

4

午後一時すぎ、李奈は東京医科大学病院の廊下を歩いていた。

三人で歩くときは端を好む。真んなかより気楽だからだ。しかしいまはそうならなかった。KADOKAWAの菊池は、櫻木沙友理の横に並びたがる。沙友理のほうは菊池を煙たがっている。よって李奈があいだに入らねばならない。病院の待合室で長椅子に座った時点から、ずっとそうだった。

菊池はそれでも有頂天のようすで、上機嫌に歩きつづけている。「まさか杉浦さんが櫻木沙友理さんと引き合わせてくれるなんて。暗いニュースばっかりだったのに、ようやく光が見えてきた」

李奈は困惑とともにささやいた。「彼女が来たのは……」

「ああ、何度もいわなくてもわかってる。あくまで放火事件について調べたいからだろ？　生存者の藤森先生とは、僕も二月に会ったばかりでね。事件後に会うのは初めてだ。本名は西田崇《にしだたかし》さん。面識があったのはついてる」

沙友理は野球帽を深々とかぶっていた。いたって地味な服装だった。テレビに頻繁にでているわけでなくとも、彼女はれっきとした有名人だ。ふだんはめったに外出しないという。移動中に目もとを隠しておくぐらい、けっして大げさすぎる対処ではない。

　菊池には沙友理に対し、執筆依頼をおこなわないよう、事前に釘《くぎ》をさしておいた。沙友理は当面、爽籟社以外で出版しないと明言している。それでも菊池はあきらめきれないらしく、隙を見ては沙友理との距離を縮めたがる。おかげでいっさい気が抜けない。

　李奈は歩きながら菊池にきいた。「藤森さんとはどこで……？」

「うちの会社だよ」菊池が応じた。「まだあんな事件が起きるなんて思ってもいないころだった。KADOKAWA富士見ビルに車椅子でお越しになってね。角川文庫でだしてる藤森先生の作品について、契約状況をたしかめにきた」

「それなら電話で済むのに」

「契約書を見たいとおっしゃったんだよ。知ってのとおり出版契約は一年ごとに更新されるだろ。販元か著者のどちらかが契約終了を申しでないかぎり継続する。藤森さんの長編十一作が、うちと契約したままだった」

「わざわざ書面で確認しないとわからなかったんですか」

「ずっと売れつづけてる作家なら、書店の棚に並んでて一目瞭然《いちもくりようぜん》だけど、往年の人気作家となるとね……。重版もかからないし、電子書籍契約もしてない。藤森さんにかぎらず、忘れられた存在の作家はゴマンといるよ」

「作家側にも契約書の控えがありますよね」

「長年つづけてると量も膨大になる。出版社に問い合わせたほうが早いんだよ」

「契約内容を改訂したいとか、なにか申し出があったんですか」

「いや。すっかり埋もれてしまったねと、しみじみ語っておられた。事件後、藤森先生は引退を表明したろ？　最近になって契約を終了したいというメールが来た。うち以外の版元もすべてだ」

「既刊本の流通まで取りやめるんですか？　作家業を辞めるにしても、そこまでしなくても……」

「こういっちゃなんだが、契約を継続しようが終了しようが、現状にほとんど変化はないよ。リアル書店にもネット書店にも在庫なし。図書館で埃《ほこり》をかぶってる、古くなった蔵書はそのまま。ただ藤森先生の気持ちの踏ん切りがつくというだけだ」

出版界と距離を置きたい。六十八歳の藤森智明はその一心らしい。李奈の困惑は深まった。「わたしたちが面会を申しこんだのも、藤森さんにとっては迷惑でしかないんでしょうか」

「そうでもないよ。藤森先生は足が不自由だけど、人との交流は好きなほうでね。仲間の作家や編集者を大勢、何十年も前から自宅に招いてる」

「へえ……」

「きょうも担当医さんから伝えてもらったら、快く面会に応じてくれたよ」菊池は李奈越しに沙友理の横顔をのぞきこんだ。「櫻木先生は、藤森先生の作品をお読みになったことが……」

人見知りの沙友理が表情を硬くしたことに、李奈は気づいた。「菊池さん。櫻木さんにききたいことがあれば、わたしがうかがいますから」

「おい。きみは櫻木さんの秘書かマネージャーか？　櫻木さんと話させてくれれば、きみの新作プロットも編集会議で優先的に検討するよ」

その手には乗らない。李奈は無視をきめこんだ。菊池が気まずそうにする。李奈は沙友理と顔を見合わせ、自然に笑いあった。

突きあたりのドアに行き着く。菊池がドアを押し開けた。

体育館のように広々とした板張りの空間だった。賑《にぎ》やかに談笑する大勢の声が反響する。入院患者がリハビリや面会を自由におこなえる部屋らしい。パジャマ姿がめだつが、ほかにも白衣の看護師、私服の訪問者が均等に交ざりあう。

車椅子の高齢者らが輪になり紙風船をトスしあっている。装具を脚に着けた患者が歩行訓練に勤《いそ》しんだりもしていた。別の患者は、キャスター付きの点滴スタンドを携えながらも、家族らしき人々と立ち話に興じる。

菊池が最寄りの看護師に声をかけた。「KADOKAWAの菊池といいます。藤森さん……いえ、西田崇さんと面会の予約がありまして」

看護師が歩きだした。「こちらへどうぞ」

李奈は沙友理とともに菊池につづいた。患者らがそれぞれの時間を過ごす合間を、縫うように抜けていく。行く手には六十近い白衣の医師が、車椅子の患者を見下ろし立っていた。笑いながら言葉を交わしている。医師は女性看護師を連れていた。

案内した看護師が車椅子の患者に声をかける。「西田さん」

車椅子におさまる白髪頭のパジャマ姿が見上げた。寄り添う若い女性もいる。女性は黒髪のショートボブで、やはりパジャマを着ていた。入院患者としては元気なほうに見える。身を屈《かが》め車椅子の藤森の世話を焼いていた。李奈たちが近づくと、女性が真っ先に笑顔を向けてきた。

「ああ」車椅子の藤森は無邪気な笑いを浮かべた。「ええと、KADOKAWAの菊池さん。その節はどうも」

「おひさしぶりです。お元気そうでなにより。小説家を連れてきました。杉浦李奈さんと、それから……」

沙友理が帽子をとった。神妙におじぎをする。「初めまして。櫻木沙友理です」

藤森と女性は顔を輝かせた。女性がさも嬉《うれ》しそうに反応した。「びっくり。あの櫻木沙友理さんですか。それに杉浦李奈さんって、岩崎翔吾さんのノンフィクション本をお書きになった……」

菊池がすかさず自己主張した。「私が編集を担当しました」

知られていたのはありがたい。李奈は恐縮とともにおじぎをした。

女性は目を細めながらおじぎをかえした。「有希恵です。養父《ちち》に会いに来て下さり、本当にありがとうございます」

「ああ」李奈は思わず声をあげた。「するとあなたが……」

藤森も喜びに満ちた笑顔でいった。「こんなにできた女性が、養女《むすめ》になってくれたんです」

有希恵は照れ笑いを浮かべた。「わたしのほうこそ……。父親兼おじいちゃんがいるのって、とても幸せなことだと実感できました」

「父親兼おじいちゃん?」藤森がとぼけた声を発すると、一同に笑いが沸き起こった。

生存者どうしが互いに支えあっている。そう意識すればこそ、事件のことが切りだしにくい。

白衣の医師が藤森に話しかけた。「西田さん。いや、いまは小説家の藤森智明先生と呼ぶべきですな。後輩の作家さんたちですか。綺麗《きれい》な若い女性に囲まれて羨《うらや》ましい」

「とんでもない」藤森は医師を紹介した。「主治医の吉村《よしむら》先生。もう十年以上もお世話になってます」

吉村医師がうなずいた。「私は脚専門でして、後遺症のほうは別の先生がたです」

後遺症。事件絡みの事柄に言及があったのはありがたい。李奈はなるべく当たり障りのない話題から入ることにした。「おふたりとも、お身体のぐあいはいかがですか」

藤森が応じた。「ご覧のとおりです。報道はおおげさですよ」

「ええ」有希恵も同意をしめした。「慢性的な頭痛はたしかに残ってますが、ひどいときには薬を服用すれば治まります。学習記憶障害とも診断されましたが、入院してしばらくのあいだ、ぼうっとしていただけです……。やっぱりショックだったので」

吉村医師が頭をさげた。「じゃ私はこれで。くれぐれもお大事に」

女性看護師を連れ、吉村医師が遠ざかっていった。周りに医療関係者はいなくなった。

李奈は有希恵に問いかけた。「当時のことをお尋ねするのはまずいでしょうか」

「わたしは平気ですけど……」有希恵が藤森を気遣った。「お養父《とう》さんは?」

「私もだいじょうぶだと思います」藤森は軽くむせながらいった。「ただ、本の取材でしたら、申しわけないんですが……」

「いえ」李奈は首を横に振った。「公表はしません。取材でもないんです。櫻木さんもわたしも同業の後輩として、真相究明のため力になれないかと……。ですから警察にお話しなさった以外のことで、なにか重要な情報があればうかがいたくて」

「警察に話した以外のことですか?」

「不幸にも犠牲になられた方々の人間関係などは、警察が最重視し捜査してるでしょう。それらは警察にまかせておくべきことです。ささいなことであっても、出版関係者ならではの引っかかるできごとなどがあれば……」

「そうですね」藤森は唸《うな》った。「重要なことは警察に伝えましたが、すべてではないんです。たとえば……。有希恵、すまないが、下から本をとってくれないか」

「はい」有希恵がしゃがんで、車椅子の下部に手を伸ばした。

座面の下にアンダーネットが張ってあり、大きめの布バッグが置かれていた。有希恵がなかから一冊のハードカバーをとりだした。プラスチック製の下敷きが挟んである。

ハードカバーは黒磯康太郎《くろいそこうたろう》著『慟哭の生涯』。黒磯は直木《なおき》賞受賞の大ベストセラー作家だが、放火事件の犠牲者のひとりでもあった。

藤森が下敷きを挟んだ箇所を開いた。右側の176ページ、小説の文面に大きく重なって、黒磯のサインが走り書きしてある。〝藤森智明さんへ〟とも書き添えてあった。満足げに藤森がいった。「変わってるでしょう。これは私が懇親会に出向いた理由のひとつです。大ファンの黒磯さんにサインをもらいたくて」

菊池が笑った。「大ファンといっても、黒磯先生は藤森先生より、十歳も年下でしょう?」

「私より若くても、彼は天才ですよ。それでサインを頼んだんです」

有希恵が微笑んだ。「そのとき本を渡すのを手伝ったのが、いま思えば養父《ちち》との出会いでした。わたしは声をかけられ、養父から黒磯さんの手に、この本を渡しました。黒磯さんも喜んで応じてくださいました」

「ああ」藤森は感慨深げに有希恵を見上げた。「きみのおかげで新しい作家とも交流できた。古くからの知り合いも大勢いたが、ふだんならそのまま、井のなかの蛙《かわず》で終わってしまうところだったよ」

沙友理が藤森にきいた。「なぜ本文中にサインがしてあるんですか」

「このページは私が指定したんです。最も感銘を受けた一文を含むページなんですよ。〝わが心を蝕《むしば》む寂寥《せきりょう》は、あたかも広大な荒野のようだ。誰ひとり訪ねることがない墓地を、冷えきった空気のみが渡っていく〟」

李奈は前かがみになり、そのページを見つめた。「肝心の文章の一部が、サインに隠れてしまってますが……？」

「いいんです。サインのない本を買おうと思えば、いつでも買えるわけですからね。これは一生の宝物です。黒磯さんからサインをもらい、布バッグにしまったままだったんです。車椅子ごと助けだされたあと、こうして綺麗に残っていると知り、こっそり温存しておこうと」

「こっそり……？」

「じつは事件当時の服から持ち物まで、すべて警察に提出しなきゃいけなかったんです。科学的に検査するので、返却は何年も先になるか、または破壊してしまうかもといわれましてね。同意書に署名捺印《なついん》もしました」

有希恵も困りぎみに表情を硬くした。「アクセサリーからストッキングまで、ぜんぶ引き渡すように求められました。もちろん事件の解明のためには、なんでも協力するつもりでしたし、わたしはかまわなかったんですが……」

藤森がため息をつき、本のページに指先を這《は》わせた。「これだけは渡せませんでした。有希恵にしか打ち明けていないことです。あの日の辛《つら》い思い出のひとつですが、同時に黒磯さんの形見でもあるので、たいせつにしていこうと……」

いきなり男の声が割って入った。「隠しごとは困りますね」

はっとして全員が振りかえる。李奈のすぐ後ろにスーツが立っていた。見た顔だとわかった。年齢は二十代ぐらい。嶋仲という中央署の刑事だった。

広い室内は患者と面会客でごったがえしている。いつの間にか刑事が入りこんでいたらしい。

藤森と有希恵は気まずそうに視線を落とした。秘密をきいたばかりの李奈も、罪悪感をおぼえずにはいられなかった。

みな嶋仲と初対面ではないようだ。菊池にしろ沙友理にしろ、嶋仲を刑事と認識しているのがわかる。以前に訪問を受けたにちがいない。

嶋仲は携えたカバンから、ファスナー付きの透明ポリ袋をとりだした。大きさはA

4ぐらいだった。それを開き、藤森に目で要求した。

藤森はためらいをしめしたものの、やむをえないと観念したらしい。そっと本を閉じた。なるべく未練を感じまいとするように、裏表紙《うらびょうし》を上にする。下敷きを抜き、ハードカバー本をポリ袋におさめた。

ポリ袋のファスナーを閉じると、嶋仲は本を丁寧にカバンにしまいこんだ。念を押すように藤森にたずねる。「ほかに隠している物はないでしょうね」

「ありません……」藤森が頭をさげた。「申しわけありませんでした」

嶋仲の目が有希恵に移った。「あなたは？」

有希恵が泣きそうな顔で応じた。「いっさいありません。でも刑事さん。その本だけは養父に……」

「すみませんが規則なので。現場の貴重な遺留品のひとつとして、詳細に鑑定します。なるべく早く返却のめどが立つよう、上に伝えておきますよ」

一礼すると嶋仲は背を向け、さっさと歩き去っていった。ドアのわきに、中央署のもうひとりの刑事、篠井が待機していた。嶋仲は篠井にカバンを引き渡した。部屋をでていくのは篠井だけだった。嶋仲はまた壁を背にし、こちらに目を向けている。

菊池が頭を掻《か》きながらつぶやいた。「まさか見張られっぱなしですか？」

「いえ」藤森が弱りきった顔になった。「ふだんは警察の人もいません。ときどき訪ねてくるだけです。でもきょうは、ひさしぶりの面会があると、私が喜びがてら彼らに教えてしまったので……。自業自得です」

「とんでもない！　警察は杓子《しゃくし》定規がすぎるんですよ。いまだに私たちを疑わしげな目で見る。出版業に関わってるというだけで容疑者あつかいです」

藤森は手もとに残った下敷きに、ただ虚《むな》しさを感じたらしい。しまっておいてくれないかな、そういって有希恵に手渡した。有希恵も悲しげな顔で、車椅子の下の布バッグに下敷きを戻した。

ふとなにかを思いついたように、有希恵が藤森を見上げた。「お養父《とう》さん。あのことを相談してみたら……？」

「ああ」藤森が納得したような顔になった。「たしかに。警察にはいえずじまいだったが、同業者のみなさんになら……」

菊池が藤森を見つめた。「なんです？」

「じつはもうひとつだけ、警察に話していないことがあります。ただ、しかし……」

「おっしゃりにくいことなんですか」

「いえ。そういうわけではないんです。私もミステリを何作か書いてますが、この状況はまるで〝信頼できない語り手〟だなと……。私たちが唯一の生き残りなので」

李奈は微笑した。「藤森さん。わたしと櫻木さんでご発言の裏をとります。まずは遠慮なくおっしゃってください」

「そうですね。神経質になりすぎて申しわけありません。いまから話すことに嘘はないと、前もって誓います。警察とちがい、みなさんは作家と編集者であられるので、きっと信憑性《しんぴょうせい》についてはお分かりになるかと」

菊池がうなずいた。「だと思います」

藤森は声をひそめた。「懇親会の出席者とホテルの従業員やスタッフ、銀座のホステス。全員の遺体が確認されたと、警察から発表がありましたが……。それはおかしいんです。もうひとり部外者がいたはずなんです」

「部外者？」

「懇親会の最中、参加者の何人かが、ＳＮＳに文章を投稿しています。そこでも〝招かれざるゲストがいた〟ことへの言及が、数件あったようです。警察から思い当たるふしはないかと問いただされたのですが、私は答えませんでした」

「でもじつは心当たりがあったんですか。その招かれざるゲストというか、部外者とは誰です？」

有希恵がゆっくりと身体を起こした。「緒林桔平《おばやしきっぺい》さんとおっしゃいました。年齢は三十以上だと思います。記憶に残りやすい外見でした……。髪を明るいいろに染めて」

藤森がつづけた。「ちょっと病的な痩《や》せ方をした人で、妙に光沢のあるスーツ姿でした。洒落《しゃれ》た身なりだと勘ちがいしてたのかもしれません。でも愛嬌《あいきょう》があった。愛想もよくてね」

李奈は藤森にきいた。「部外者とおっしゃいましたが、場内に入りこんでいたんですか」

「ホテル別館の宴会ホール前は、結婚式の披露宴会場と同じでした。出入口が大きく開け放たれ、そのわきに長テーブルが置かれ、受付が座っているという……。よくあるセッティングです。緒林さんは誰も見ていない隙に、ぶらりと入りこんだようです。しかもほかの出席者の話では、彼を見かけるのは初めてではないとか」

菊池が遠くにいる刑事を一瞥《いちべつ》してから、藤森に向き直りささやいた。「まってください。なぜ警察に話さないんですか」

有希恵が小声で応じた。「れっきとした理由があります……。とても重要なことです。順を追ってお話ししていいですか」

5

懇親会の最中、車椅子の藤森は、旧友である小説家らと歓談していた。黒磯康太郎にサインを求める前から、派手な服装の緒林の存在が気になっていた。なぜか大判の封筒を小脇に抱え、場内をうろついている。あちこちの集団に挨拶《あいさつ》してまわるものの、どういうわけか無視されつづけていた。

やがて知人の紹介で、藤森は黒磯と対面した。近くにいた従業員の有希恵に頼み、車椅子の下から本をとりだしてもらった。黒磯が本にサインをしているとき、緒林が近づいてきた。

みなさんこんにちは、と緒林は声を張った。黒磯は会釈をかえした。けれどもほかの作家たちは視線を合わせようとしない。

藤森は十年以上ぶりに懇親会に参加したため、事情をなにも知らなかった。よって自然の成り行きで、緒林に挨拶した。すると緒林は藤森に、小説家さんですかときいてきた。藤森がそうですと答えると、緒林は嬉々《きき》として大判の封筒から、原稿の束をとりだした。

　パソコンで作成した小説をプリントアウトしたらしい。分量からすると短編だった。読んでいただけますかと緒林が頼んできた。藤森が面食らう一方、旧友の作家らは笑いを嚙《か》み殺していた。黒磯は緒林のことを知らないらしく、藤森と同様に戸惑いのいろを浮かべた。

　原稿の一ページ目に題名と著者名が載っていた。『空前絶後のファンタジー』と、ふつうなら原稿には書かない、宣伝用の惹句《じゃっく》も記してあった。そちらのインパクトが強すぎ、藤森は題名を失念してしまった。緒林桔平という著者名は、そのとき初めて目にした。

　李奈はたずねた。「その小説をお読みになったんですか」

「ええ」藤森が応じた。「残念ながら小説執筆の基礎を踏まえていない、まったくの素人の文章であることが、一見してわかりました。視点が統一されておらず、ええと、カタカナでリョウという主人公と、マシロというヒロインの、どちらにも『思った』という動詞が混在してたんです」

「ああ。小説の場合は、どちらか一方の視点に統一して書かないと……」

「そうです。『リョウはこう思った』と書いたのなら、『マシロは考える素振りをした』など、外から見た描写でなければならない。漫画や映画とちがい、小説は誰かひとりの登場人物の視点にさだめて書かないと、読み手が混乱します」

「ほかにはどんな表現が……？」

「とてもシリアスな局面なのに『顔が茹《ゆ》で蛸《だこ》みたいに真っ赤になった』とあったり、『どす黒いコーラ』とか、『典型的なアフリカ人』とか、『七メートルぐらい後ろを歩いた』とか……。文章表現に慣れておらず、どう描写していいかもわかっていないようでした」

　小説の作法を学ばず、初心者が見よう見まねで書くと、そんな文章になりがちだ。李奈は藤森にきいた。「周りの作家さんたちの反応は？」

「クスクスと笑いつづけているので、どうやら緒林さんは以前から懇親会に潜りこみ、小説を売りこもうとしてきたのだと気づきました。私の古い友人で、勝居冬至《かついとうじ》という作家がいるのですが、ご存じですか」

「ええ。『丑年の剣客』で吉川英治《よしかわえいじ》文学賞を受賞なさった……」

「そう。その勝居が一緒にいまして、緒林さんをからかいました。とても前衛的で斬新な文学だから、その調子でつづけたまえというんです。緒林さんは……なんというか、ちょっと意思の疎通に難がある人に思えましたが、真剣な顔できいてました。本気になってるのを、みんなで面白がってるんです」

有希恵が藤森にいった。「ちゃんと助言してた人もいましたよね。口髭《くちひげ》を生やした、険しい顔つきの作家さん……」

「ああ。貞藤功《さだふじいさお》君だ。『騎虎と虚無』の直木賞作家で、二十年来のつきあいです。貞藤君は緒林さんに、向いていないからやめなさいと忠告した。すると緒林さんがひどく悲しそうな顔になったんです。それを見て、またみんなクスクスと笑いだした。亡き旧友たちを悪くはいいたくないのですが、あの場の雰囲気はけっしてよくなかった」

李奈は出入口のわきにいる嶋仲刑事を一瞥した。嶋仲はこちらをじっと見つめている。ただし歩み寄ってはこない。会話に逐一、聞き耳を立てるまでの意思はなさそうだった。

有希恵が憂愁を漂わせた。「養父《ちち》は最後までちゃんと読み、緒林さんに助言していました」

藤森がため息をついた。「どんな仕上がりだろうと、短編を書きあげたのだから、そこは尊重してあげるべきです。視点の問題や、比喩《ひゆ》の使い方、文章のテンポやバランスについても、ひととおりアドバイスしました」

李奈は藤森にたずねた。「緒林さんの反応はどうでしたか」

「とてもすなおでした。十二歳の少年のようで……。私は可愛げがあると感じましたが、たったいちどきりだったからかもしれません。旧友たちも最初は親切に接していたと思います。たぶん毎回のように現れるので、だんだんうんざりしていったのでしょう」

そこに小説家協会の理事、井茂泉州《いしげせんしゅう》が近づいてきた。李奈も井茂に会ったことがあるが、年齢は五十代半ば、背が高く威厳のある男性だった。井茂は緒林に対し、また来たのかといった。藤森さんに迷惑をかけるんじゃない。そんなに助言がほしければ、このあと壇上に呼ぶから。井茂はそう緒林に告げた。

やがて歓談の時間が終わった。井茂が演壇にあがり、スピーチを始めた。出版不況や書店の減少について触れたのち、冗談めいた口調に転じ、ゲストをお迎えするといった。お馴染《なじ》みの人々も多いと思いますが、拍手でお迎えください、緒林桔平君です。

井茂はそんな声を響かせた。

「ところが」藤森が状況を説明した。「妙なことに緒林さんの姿がない。みんなが辺りを見まわすと、宴会ホールの隅で防炎カーテンを割って……いや、防炎カーテンというのはあとでわかったことで、そのときはただのカーテンだと思っていたのですが、緒林さんはそこから登場しました」

菊池が微笑した。「うちの息子は五歳ですが、幼稚園の催し物で似たような行動をとりましたよ。呼ばれる前の緊張と、颯爽《さっそう》と登場したいという自己顕示欲があいまって、窓ぎわのカーテンに隠れたりする」

藤森もうなずいた。「まさしく緒林さんもそんな感じでした。拍手にまんざらでもない態度で壇上に向かい……。もっとも、手を叩《たた》いてる一同は歓迎の笑いではなく、嘲笑《ちょうしょう》に近かったわけですが」

壇上の井茂は緒林の原稿を手にしていた。スタンドマイクを挟み、まるで漫才のようにふたりで立つと、井茂はさかんに緒林をいじりだした。いつも懇親会に忍びこむ彼の行動を、果敢な挑戦と揶揄《やゆ》する。明るく染めた髪や、光沢のあるスーツについては、小説家に必要なのかと疑問を呈した。場内はどっと沸いたが、藤森はひとりしらけた気分で見守った。

原稿の拙い箇所を、井茂がいちいち読みあげては、参加者らの笑いを誘った。緒林に朗読させたりもした。緊張した緒林の声が小さいと、すかさず突っこみをいれた。始めのうちは参加者たちもおおいに笑っていたが、井茂のいじりは少々くどかった。みな徐々に嫌気がさしてきたらしく、しだいに笑い声も小さくなっていった。演壇に招かれ、上機嫌だった緒林も、からかわれていることに気づきだしたようだ。

やがて緒林が半泣きになると、場内は静まりかえった。井茂は体裁の悪そうな表情を浮かべ、原稿を緒林に押しつけると、もう来ないようにと釘《くぎ》を刺した。一同に拍手をうながし、緒林を壇上から送りだした。

藤森は当惑をおぼえた。この場から浮いていることを茶化された緒林と、ひとり車椅子に乗る自分が、いろいろな意味で重なった。旧友たちに悪気があったとまでは思わないが、懇親会に出席したことを少しばかり後悔した。とりわけ井茂のせいで、趣味のよくない催しに成り下がったのはたしかだった。

やがて壇上は小説家協会賞の授与式に移った。受賞者がスピーチするうち、また緒林が藤森のもとに来た。今度はやたら恐縮する態度をしめしていた。

緒林はすっかり意気消沈していたが、藤森には何度も頭をさげ、助言に対する感謝を伝えてきた。藤森は緒林に激励の言葉をかけた。

有希恵がささやいた。「わたしも近くにいたんですが……。緒林さんはうっすら涙を浮かべていました。そして藤森さんに耳打ちしたんです」

李奈は藤森を見つめた。「耳打ち?」

「ええ」藤森が車椅子からわずかに身を乗りだした。「彼は私にいいました。さっきのカーテンに隠れてくださいと」

か」
菊池も目を丸くした。「防炎カーテンの陰に隠れるよう、緒林さんが勧めたんです

藤森がうなずいた。「私は意味がわからず、ただ緒林さんを見かえしました。しかし緒林さんはそれ以上なにもいわず、人混みのなかに消えていきました。すると懇親会の実行委員がおいでになって……」

実行委員は藤森にも壇上でのスピーチを頼んできた。久しぶりに懇親会に出席した、往年の人気作家に対する配慮だったのかもしれない。車椅子が上れるスロープも、わざわざ用意するという。藤森は断ったが、周りで会話をきいていた旧友たちが、是非にと囃《はや》し立てた。とりわけ貞藤功と、弓家《ゆげ》真裕美《まゆみ》が熱心だった。弓家真裕美は六十代の女性作家で、小説すばる新人賞でデビュー以来、百作以上を発表した大御所だ。藤森の誕生日には、ほかの友人たちとともに、自宅に何度も招いた。

藤森は結局、承諾せざるをえなくなった。自分のスピーチの番が迫るにつれ、徐々に緊張が高まってきた。緒林と自分がなんとなくダブるように感じられた。

「そのとき」藤森は小声でいった。「ふと思いついたんです。緒林さんと同じくカーテンの陰から現れたらどうかと。みな笑うかもしれない。なら演壇に上ったのち、なぜ笑ったかを問いただすチャンスになるでしょう。それは嘲笑ではないのかと。たと

え場がしらけるとしても、そんなスピーチをしたくなりました」

菊池が唸《うな》った。「それでホールの隅のカーテンに向かったんですか」

「いえ。すぐには向かいませんでした。みんな受賞者のスピーチにきいってたし、その合間を縫って車椅子で移動するのは、迷惑がかかると思ったんです。めだつし、時間もかかると……。ところが有希恵と目が合いまして」

有希恵が告げてきた。「わたしは場内を巡っていましたが、グラスを片づけながら、また養父のいる場所に差しかかりました。すると養父が目配せしてきました。近づいてみると、壁沿いのカーテンに隠れたいと」

藤森がうなずいた。「人目を引かないよう、そっと押していってほしいと頼みました。さっきの緒林さんと同じ場所から登場したいんだよと伝えましてね。有希恵は戸惑いがちに笑いながら、指示どおりにしてくれました」

李奈は問いかけた。「緒林さんはまだ場内に？」

「それが……。移動中もできるだけ、周りの顔ぶれを観察したのですが、彼は見あたりませんでした」

有希恵も同意をしめした。「わたしも見なかったと思います。特に緒林さんを気にかけてはいなかったので、なんともいえないのですが……」

やがて車椅子は壁ぎわにたどり着いた。むろん近くにいる人々は、藤森の姿に気づいた。しかし藤森が人差し指を口もとにあて、黙っているように示唆すると、みな控えめに笑った。藤森は無事にカーテンの陰に隠れた。カーテンの分厚い質感から、ただの布ではないと気づいたものの、深くは考えなかった。有希恵がその場から立ち去ろうとした。ところがそのとき、妙な気配が漂いだした。

ドアが開かない、と誰かが叫んだ。ざわめきが大きくなった。藤森はカーテンの陰にいたため、当初は場内のようすがわからなかった。それでも異変を察知し、顔をのぞかせた。

従業員らがあわてぎみに駆けずりまわっていた。懇親会の出席者たちは、不安な表情もあったものの、大半は歓談を再開した。事件だな、と軽口を叩く作家もいた。いきなり真っ赤な火柱があちこちに上がった。そこかしこでテーブルが燃えだしていた。炎は絨毯《じゅうたん》を舐《な》めるようにひろがっていった。婦人のドレスに引火するのを藤森はまのあたりにした。場内に絶叫と悲鳴がこだました。

有希恵がカーテンの陰に飛びこんできた。隠れるつもりではなく、そこに非常口を求めてのことだった。あいにくそこは耐火性の低い壁でしかなく、それゆえ防炎カーテンにより守られていた。轟音《ごうおん》とともに燃え盛る場内、押し寄せる熱波のなかで、藤森と有希恵はカーテンにくるまるしかなかった。

憔悴《しょうすい》のいろとともに有希恵がささやいた。「もう生きてはいられないと覚悟しました……。途方もなく長い時間に思えたんです。実際には消防隊の人が駆けつけるまで、十分足らずだったようなんですが」

藤森も視線を落とした。「車椅子の肘《ひじ》掛《か》けや座面が熱を帯びだし、耐えきれなくなったのはおぼえています。でもそれ以降はろくに記憶がない……。煙を吸ってしまい、意識を失ったようです」

「あのう」李奈は当惑を深めた。「すごく重要な情報ですよね……。警察に伏せておくべきではないのでは」

「ええ」藤森はためらいがちにうなずいた。「最初は隠すつもりではなかったんです。しかし緒林さんの助言のとおりにカーテンに潜み、結果的に助かってしまった。そのことを公表する勇気が……」

「緒林さんが発火装置の存在を知っていた可能性も、できれば考えたくない。そうお思いだったんですね？」

藤森が肩を落とした。物憂げにつぶやきを漏らす。「おっしゃるとおりです。私は歩けない。弱い立場にある人間です。彼を嘲笑する空気に、正直耐えがたいものを感じていました。どう考えても彼が、テーブルに発火装置を仕掛けたなんて信じられない」

「でも」李奈は思いのままを言葉にした。「犯人グループのひとりだったかも……」

「火災に巻きこまれるリスクがあったのに、場内に現れるでしょうか」

「緒林さんが退去したかどうか、見ていないんですよね？」

義理の父娘は暗い顔を見合わせると、揃ってうつむいた。悩んだ挙げ句、警察に対し沈黙を守ることにきめたのは、表情を見れば一目瞭然《いちもくりょうぜん》だった。

李奈は有希恵にきいた。「あなたも緒林さんのことを黙ってたんですね？　藤森さんに頼まれるまでもなく、自分の意思でそうなさったんですか」

「はい……」有希恵がうなずいた。「懇親会の最中から、緒林さんのことは気の毒に思えていました。だから事情聴取では特に触れなかったんです。そのうち養父と同席したとき、養父も緒林さんについて言及していないと知りました」

「おふたりが養子縁組を結んだのは……」

「秘密を共有する立場なので、その意味でも支えあいたいと思ったからです。ひとりでは口を閉ざしつづける自信がない……」

沙友理がささやいた。「でもわたしたちには打ち明けてくださいましたよね？」

藤森の顔があがった。「警察には話しそびれましたが、真実はどうしても気になります。多くの旧友たちの命を奪った犯人は許せません。だから誰かに相談したかった」

「わたしが警察に知らせたら怒りますか？」

また父娘ふたりが顔を見合わせた。有希恵が首を横に振る。藤森もため息まじりにこぼした。「怒るなんてとんでもない。本来そうするべきだったんでしょう。捜査の進展を期待していましたが、警察も思いのほか苦戦しているようですし」

「では」李奈はたずねた。「わたしたちがこのことをどうするか、おまかせいただけますか」

「おまかせします……。のちに緒林桔平の名を検索してみましたが、なにも見つかりませんでした。私が甘かったのかもしれません」

「結果として刑事さんが、藤森さんに事情をきくこともありえますが……」

「それでもかまいません」藤森が李奈を見上げた。「無責任かもしれませんが、同業のみなさんにすべてを委ねます。どうかよろしくお願いします」

沙友理が鋭くささやいた。「杉浦さん」

はっとして振りかえった。嶋仲刑事が硬い顔で歩み寄ってくる。

「失礼」嶋仲が低い声を響かせた。「ずいぶん長いことお話しされているようですが」

菊池が澄まし顔で嶋仲に向き合った。「いま帰るところです」

お開きにせざるをえない。沙友理が嶋仲にぶっきらぼうな態度をしめし、さっさと出入口に向かいだした。菊池があとにつづく。李奈も歩きだした。

廊下にでる寸前、李奈は広い室内を振りかえった。車椅子の藤森は、さっきと同じ場所にいた。有希恵と手をつないでいる。ふたりとも希望を託すようなまなざしを向けてくる。李奈は頭をさげながら退出した。まだなにも約束できない。

藤森は自嘲《じちょう》気味に〝信頼できない語り手〟といった。それをいいだせば、今後出会って話す全員がそうだ。芥川龍之介《あくたがわりゅうのすけ》の『藪の中』さながらに、複数の発言に食いちがいが生じるかもしれない。かえってそこが突破口になりうる。

6

李奈と沙友理、菊池は病院のエントランスをでた。曇り空で蒸し暑い。ロータリーのわきは駐車場になっている。そちらに向かおうとした。

スーツの男女が歩いてきたが、ふいに足をとめた。ふたりとも驚きの表情を浮かべている。

男女の顔を見たとたん、李奈も立ちすくんだ。「矢部《やべ》さんと鶴原《つるはら》さん」

三十代半ばの矢部庄介《しょうすけ》と、二十代後半の鶴原涼子《りょうこ》。ふたりとも中堅出版社、日本月《にほんげつ》虹《こう》社の編集者だった。前に推理作家協会のパーティーで名刺交換したことがある。涼子が目を丸くした。「ああ。杉浦さんじゃないですか」

ふたりは菊池とも知り合いらしい。矢部が眉《まゆ》をひそめた。「ＫＡＤＯＫＡＷＡさんがここでなにを……？」

「藤森先生に会ってきたんですよ」菊池がたずねかえした。「日本月虹社さんのおふたりは、なんのご用ですか？」

矢部と涼子はなにやら顔を見合わせた。ふたりともあからさまな作り笑いを浮かべ、菊池に視線を戻した。涼子がほっとしたような声を響かせた。「わたしたちも藤森先生に会いに」

妙だと李奈は思った。きょう面会の予約はほかにないはずだ。李奈は問いただした。「失礼ですけど、藤森さんになんのご用ですか」

「なんのって」涼子の表情がわずかにひきつった。「杉浦さんには関係のないことですよ」

「でも藤森さんは作家業を引退なさってますし……」

矢部は李奈ではなく、菊池に笑いかけながらいった。「いいじゃないですか、お互いさまですし。じゃ、私どもも急ぎますんで」

お互いさまとは意味不明だった。日本月虹社のふたりがエントランスに歩きだす。李奈は菊池を見た。菊池も怪訝《けげん》な顔で李奈を見かえした。ようすがあきらかに変だ。藤森は菊池と知り合いだったよしみで、ようやく会ってくれただけなのに、いま他社の編集者が押しかけようとしている。アポをとったようにも思えない。

ふいに沙友理が帽子をとり、矢部と涼子に声をかけた。「まってください」

日本月虹社のふたりが足をとめた。揃って振りかえる。ふたりの顔に驚愕《きょうがく》のいろが浮かんだ。涼子が目を瞠《みは》った。「さ、櫻木沙友理先生⁉ ほんとに？」

出版関係者が会いたいと切望しても、いっこうに会えない売れっ子小説家の出現。希少このうえない出会い。ふたりはすっかり泡を食っている。藤森智明との面会を半ば忘れかけるほどの、重大な遭遇と感じているのはあきらかだった。

沙友理がきいた。「藤森さんになんの用ですか。わたしには答えてくれますよね」

矢部と涼子はうろたえだした。どうやら秘めごとがあるらしい。だが櫻木沙友理との関係を、未来永劫《えいごう》絶ってしまう勇気など、編集者にあるはずがない。矢部が声をひそめていった。「菊池さんと同じです。藤森先生に出版契約のお願いをしにいくんですよ」

「出版契約？」菊池が頓狂《とんきょう》な声を発した。「なんでいまごろ？」

ふたりがふしぎそうな顔になった。涼子が菊池を見つめた。「KADOKAWAさんも狙っておいでてでしょう？」

「いや」矢部が神妙に涼子を制した。「KADOKAWAで藤森先生にアプローチしようとしてるのは、糸魚川《いといがわ》副編集長のはずだ。菊池さんはなにも知らないんじゃ……」

菊池がじれったそうにきいた。「いったいなんのことですか」

引退をきめた藤森は、各社に出版契約の解除を求めた。ただし出版契約書についてはふつう、解消の申し出は一年前におこなうこと、そんな取り決めがなされている。よってKADOKAWAにおける藤森の著書は、いきなり契約がなくなるのではない。一年後の契約日を迎えるたび、それぞれの本の契約が切れていくことになる。

出版社に在庫があれば、そのぶんは契約終了後も売ってよいとされるが、藤森の場合は在庫もなさそうだった。これから一年以上をかけ、すべての契約が終了と相成り、藤森の著書は流通から消え失《う》せていく。

すなわち藤森の著書はいまのところ、まだ大半の出版契約が継続しているが、一年後にはすべて失効する。なのに日本月虹社は、その契約解除をまちきれないらしい。藤森に新作を執筆する気はないのだから、日本月虹社が契約を結ぼうとしているのは、各社との契約が切れた既刊本だろう。なぜそんなに急ぐのか。藤森の既刊本にどんな需要があるというのか。

なおも言葉を詰まらせるふたりに対し、沙友理が語気を強めた。「教えてください。なぜ藤森さんと出版契約を交わしたいんですか」

矢部がためらいがちに口をきいた。「ここだけの話ですよ。じつは藤森先生の二十六年前の小説『火樹銀花』が、韓国で映画化が内定しそうでして」

「なんと」菊池が目を丸くした。「映画化ですか」

「それも何年か前に、米アカデミー作品賞を受賞した監督ですから……。韓国といえどビッグな企画なわけです。正直これまでは、実現の可能性は低いとみられてました。映画会社からは問い合わせのみの段階が長くつづき、オプション契約にも至ってなかったので」

「なのに急に進展したと？」

「先日の悲劇があって、名だたる作家さんたちがふたたび注目され、さまざまな企画が動きだしてるんです」

「事件の被害者になった作家たちの名が旬となり、映像化企画に出資が集まりやすいというわけですか……。まあ業界にありがちな話ですね」

「ええ。逝去とともに、国民栄誉賞を受賞された作家も多いので、原作の映像化は特に成立しやすいんです」

日本の小説はよくアジア圏で翻訳される。一方、西洋での翻訳出版となるとハードルが高い。

韓国や台湾あたりの翻訳出版なら、日本でそれなりにベストセラーになれば、容易に果たされる。それが従来の業界における認識だった。藤森智明が人気作家だったころの小説が、かつて韓国で翻訳出版されたのもその流れだろう。しかしいまでは、韓国のエンターテインメントの急成長ぶりを、日本も無視できなくなっている。

涼子がつづけた。「藤森先生は各社との出版契約を切ったのち、映画化の正式オファーを受けることになりますから、個人で契約なさるでしょう。契約料も格安と見込まれ、韓国の映画会社は藤森さんの全著作について、映画化権を獲得する意向だとか」

菊池がなるほどという顔になった。「原作本も一気に売れそうだから、今後宙ぶらりんになる出版契約を、日本月虹社さんで結ぼうと？」

「はい……。うちで一作でも多く契約できないかと思いまして。ＫＡＤＯＫＡＷＡさんや講談社さん、集英社さんも同じ思いでしょうけど」

李奈は口をはさんだ。「でも変ですよね。そんなおおごとになってるのに、どこも藤森さんに会いに来てないみたいですし。なぜ日本月虹社さんだけがおいでになったんですか」

「それは」矢部が言葉を濁した。「そのう……。ただの偶然ですよ」

沙友理が冷やかなまなざしを涼子に向けた。「正直に答えてくれませんか」

涼子が視線を落とした。「じつは……。出版社各社が話し合いの末、あくまで全社が共同で申しいれをして、あとは藤森先生の自由に委ねようと……。まだその申しいれもしていないわけですが」

「なら日本月虹社さんだけが、勝手に抜けがけしようとしたわけですか」

ふたりの顔に図星だと書いてある。矢部がたじろいだ。「いやあの、けっしてそんなことは……。ただ近くを通りかかったので……」

「きょうはこのままお帰りになったほうがよくないですか。ＫＡＤＯＫＡＷＡの社員さんも、あなたがたが来たのを知ってしまったわけですし」

菊池が真顔で告げた。「私はなにも見てないし、きいていない。そういうことにします」

日本月虹社のふたりが、ばつの悪そうな顔を見合わせる。やがて矢部が苦虫《にがむし》を噛《か》み潰《つぶ》したような顔でささやいた。「感謝します。私どもにいえた義理ではありませんが、菊池さんも抜けがけしないようお願いします……」

涼子が食いさがった。「すみませんが、櫻木沙友理先生に名刺をお渡ししても……？」

沙友理がうなずいた。「こちらこそ今後ともよろしく」

場を丸く収めるための、沙友理の社交辞令は明白だったが、涼子は顔を輝かせた。矢部もまたしかりだった。藤森への抜けがけ交渉は頓挫《とんざ》しても、あの櫻木沙友理とつながりを持てるのなら、編集者としてそれ以上の成果はない。

矢部がうわずった声を響かせた。「よ、よろしければ櫻木さんの連絡先もお教え願えると……」

「そのうちこちらから連絡します」

「ですよね……。いや、でも、本当にありがとうございます。それでは」

ふたりはそそくさと立ち去っていった。李奈たち三人は病院のエントランス前にたたずみ、矢部と涼子の背を見送った。

菊池がやれやれとばかりにぼやいた。「事件の被害者だった作家全員が話題になってる。そのなかで藤森先生だけは生存してるから、本人に契約を持ちかけようとする動きがあるわけか」

李奈はうなずいた。「映画化も内定直前って段階らしいし、まだ藤森さんはなんの連絡も受けていなそうですね」

「こういう話は版元のほうが先にキャッチするからな。なんにせよ藤森さんは今後安泰だよ。どこと契約しようが、養子縁組の父娘は生活保護に頼らず、この先も暮らしていけそうだ」

沙友理が憂いのいろを浮かべた。「また藤森さんへの中傷が再燃しそう」

忌まわしいことだが充分にありえる。ただひとり生き残った作家、藤森智明による陰謀論が、ネット上に横行するかもしれない。

実際には放火の被害者になったところで、検討中の映画化が確定に向かう保証などない。ほかの作家より優先的に映画化されるわけでもない。これを陰謀とするのは馬鹿げた発想だ。

なにより藤森と有希恵は焼死する可能性のほうが高かった。テーブルの脚に発火装置を仕掛けるのも、ふたりには絶対に無理だった。宴会ホールのドアがすべて外から施錠された以上、犯人は別にいる。

だが世間はそんな論理を無視し、話題を好き勝手に取り沙汰《ざた》する。それが誰かを傷つけるという可能性を考えもしない。

「早く解決しなきゃ」李奈はささやいた。「警察の捜査が進展してくれれば、それに越したことはないけど」

沙友理が見つめてきた。「警察がなんの手がかりもつかめなかったら?」

李奈はうつむいた。あまりに責任が重すぎる。今度は本格的な刑事事件、それも戦後最悪の惨事ではないか。警察がたどり着けない真相を解明できるだろうか、出版界の事情を多少知るだけの新人ラノベ作家が。

菊池が駅方面に歩きだした。「僕は会社に戻るけど……」

きょうは電車で移動してきたわけではない。李奈はいった。「わたしは沙友理さんと……」

「わかった」菊池は李奈に軽く頭をさげたのち、沙友理に深々とおじぎをした。「今後ともなにとぞよろしくお願いします」

沙友理は会釈をかえすと、菊池の頭があがるのもまたず、さっさと駐車場のほうへと歩きだした。李奈も沙友理を追いかけた。

ポルシェのSUV、カイエンが沙友理の愛車だった。ここに来るまで助手席に乗せてもらったが、高級感溢《あふ》れる車内に、ただ圧倒されるばかりでしかなかった。しかも真横には運転する櫻木沙友理の姿。思わずぼうっとしてしまい、なにもかも幻に感じられた。

また沙友理とともにクルマに乗りこむや、緊張に胸が高鳴った。それでもさっき来たときほどの、現実離れした心地はしない。いまはすべきことが見つかったからかもしれない。

シートベルトを締める前に、李奈はスマホをとりだし、検索窓に文字列を打ちこんだ。〝リョウ　マシロ　典型的なアフリカ人　どす黒いコーラ〟。

運転席の沙友理がスマホをのぞきこんできた。「緒林さんの小説?」

「そうです。たぶんこのあたりのワードについては、とても印象に残りやすいし、藤森さんの記憶もかなり正確なんじゃないかと……。原文のままの可能性が高いってことです」

祈るような気持ちで検索開始のボタンをタップした。検索結果は瞬時に表示された。

項目名は〝空前絶後のファンタジー『魔界の伝道師リョウ』イエロー・チーバくん著〟。心拍が速まるのを自覚しながら、李奈は項目をタップした。画面が切り替わり、小説らしき文面が表示された。

そしてリョウはマシロを見つめ、この女はきっとカンパーションマジックの使い手にちがいないと思っていた。じっと見つめ合うふたりは火花がバチバチッバチッ散った。マシロはリョウを見つめていたがこれは油断できないわと思った。じりじりと三メートルぐらい離れていた距離からだんだん縮まって二メートルぐらいになったらリョウが両手で呪文を唱えた。「ゴレワヴィライバラ！」近くの店にあったぜんぶのコーラが割れてどす黒いコーラが飛び散ってナイアガラの滝みたいに流れたのだ。隣の部屋にいた人が驚いたようにドアが開いてリョウはとても驚いてしまったのだった。マシロも二秒ぐらいの差だけ置いてやはり驚いてすごいショックを受けていた。ドアを入ってきたのは典型的なアフリカ人で両手にドクロを持っている。

沙友理が茫然《ぼうぜん》とした面持ちでつぶやいた。「あった……」

「ええ」李奈も信じられない思いだった。「藤森さんの言葉から想像した以上に、パンチのきいた小説ですね……」

7

櫻木沙友理の屋敷に戻り、あの広すぎる仕事部屋で、ふたり向き合いフローリングに座った。

ふたりともスマホをいじり、思いつくワードの検索にふけった。李奈は懇親会参加者らのツイッターを、次々に閲覧していった。

ほかの業界人とちがい、小説家は会合に出席しても、リアルタイムで状況を報告したがらない。日本推理作家協会や日本文藝家協会のパーティー、作家どうしで集まる忘年会、いずれもそうだ。とりわけ画像を上げる慣《なら》わしは、まったくないといえる。顔を非公開にしている小説家も多く、一般人とほぼ同等のプライバシーが重視されるからだ。せいぜい事後報告がてら、希望者のみによる記念撮影が、SNSに上がるぐらいだった。

日本小説家協会の懇親会もその例に漏れない。当日の午後四時以降、会場から発信されたメッセージ数はごくわずかにとどまる。銀座のホステスらもマナーを守ったようだ。

驚いたことに、他界した小説家たちのツイッターの多くが、いまだに放置されている。遺族があえてそうするケースもあるだろうが、身内による逝去の報告や追悼文がないアカウントも多い。本当に忘れられたままなのかもしれない。組織に属さない個人事業主は将来こうなる運命なのか。孤独死という言葉が李奈の脳裏をよぎった。

そんなツイッターのなかに、懇親会当日の報告がちらほら見受けられる。『白の斜陽族』が大ベストセラーになった紫野花那太《しのかなた》は、三月十日午後六時二十八分にツイートしている。

日本小説家協会の懇親会に来てる。招かれざるゲストのO氏に一同大爆笑。

直木賞作家の國房心春《くにふさしんしゅん》も、画像なしのツイートをあげていた。

○林桔平さんって人が飛び入りゲストで参加。作家志望。可笑しさもあるけどちょっと痛々しいかも……。

文壇の重鎮、濱頭岳《はまずがく》は苦言を呈していた。午後六時四十四分と四十五分のツイートにはこうある。

たとえ温厚な藤森智明さんが許しても、部外者にはご遠慮願うのが筋だと思う。まして壇上でからかうべきではない。

火災に関するツイートは、それから十五分ほど後の、午後七時前後に集中している。ただし私小説作家の善徳光一《よしのりこういち》による〝火だ〟とか、随筆で知られる京久野祥子《きょうくのしょうこ》の〝火事のようです〟など、七件ていどでしかない。ツイートなどより、みな119番への通報を優先させたのだろう。

沙友理が自分のスマホを眺めながらいった。「藤森さんが話してたとおり」

李奈はうなずいた。「フルネームは避けてても、わりとみんな緒林さんのことをツイートしてますね。これらのツイートを組み合わせれば、緒林桔平さんという名は容易に判明します。警察も把握してるでしょう」

「警察は藤森さんと有希恵さんに、この人物について尋ねたんでしょ？」

「ええ。でもふたりは言葉を濁してしまった」

「やっぱり警察に知らせるべきだと思うけど」

「同感です。緒林桔平というのは本名でないのかもしれませんが、懇親会でなにがあったか、情報として通報しておかないと」

「緒林さん作の小説についても知らせておく？」

「もちろんそうしないと」李奈はスマホの画面を切り替えた。緒林桔平著とおぼしき短編『魔界の伝道師リョウ』の全文。ネット上ではイエロー・チーバくん著となっている。

検索でヒットしたのは、無料ホームページ・サービスの提供する、ウェブスペース内の一ページだった。だがそれ以外にも同じ内容の短編が、同じペンネームで『カクヨム』『小説家になろう』に投稿されていることがわかった。いずれも読者の支持は獲得できていない。イエロー・チーバくんの小説は『魔界の伝道師リョウ』だけで、ほかの著作は見つからなかった。

六千字ていどの短編ながら、ストーリーの全体像を把握するのは困難だった。しかしそれは稚拙な文章表現のせいだ。いちどわかってしまえば物語の構造は単純といえる。

受験生のリョウは深夜、窓の外を飛びまわる怪しい光を目撃する。それを追って窓から飛びだすと、リョウは異世界にいざなわれる。美少女のマシロと出会い、摩訶不思議《しぎ》な空間での冒険となる。最後は尻切《しりき》れトンボで終わる。

沙友理が顔をあげた。「ネット上の小説から、緒林さんの素性をたどれるのかな」

「KADOKAWAにきけば『カクヨム』の担当部署で、投稿者のIPを把握してるかも……。無料ホームページの運営者にコンタクトできた場合も同じ結果でしょう。わかるのはIPどまりです。でも警察の捜査なら、もっといろいろ判明するかも」

「藤森さんと有希恵さんがいってたこと、ぜんぶ信じていいと思う?」

「さあ。嘘はついてないまでも、細部の記憶ちがいはありうるでしょう。大火事に巻きこまれたんだし、いちど気を失ってますから」

「診断どおり後遺症が学習記憶障害だけなら、事件後の短期記憶が曖昧《あいまい》になってるだけで、当時のことはちゃんとおぼえてることになる。それでも脳に関わることだし……」

「ええ。どのテーブルが燃えたか、おふたりで証言に食いちがいがあると報道されましたよね。どうも気になるのは、藤森さんだけがきいて有希恵さんがきいてない、緒林さんによる耳打ちです」

沙友理が真顔で見つめてきた。「わたしもそう思った。防炎カーテンの陰に隠れるよう、緒林さんが勧めたって話。藤森さんひとりの証言でしかない」

「有希恵さんは、緒林さんが藤森さんになにか耳打ちした、それを目撃しただけ。本当に藤森さんが主張する内容だったかどうかがわからない。藤森さんが嘘をつくなんて、あまり想像したくもないけど……」

「藤森さんってものすごく実直な人だよ。作家仲間も担当編集者も知り合いはみんな、藤森さんほどの正直者はほかにいないっていってた。絶対に事実を曲げない人だって」

「だとしても聞きちがいや記憶ちがいは疑ってみるべきかも……。緒林さんがいかにも恩返しみたいに、藤森さんにだけ安全地帯を勧めて、その直後に大火事だなんて」

緒林は事前に発火装置の存在を知っていたのだろうか。小説の売りこみに奔走しながら、プロの作家から馬鹿にされていることに、薄々気づきだしていたのかもしれない。その確証を得た場合、ただちに復讐《ふくしゅう》に転じられるよう、火事を起こす準備を整えておいた。ただし親身になってくれた藤森だけは救おうとした。

馬鹿げている。防炎カーテン一枚で炎を凌《しの》げる可能性はきわめて低い。助かったのは奇跡でしかないと断定されている。事実、ほかにカーテンの陰に隠れた人々は、みな全身火傷《やけど》で死亡してしまった。藤森と有希恵の生存はあくまで偶然だ。

ゆえに緒林が藤森を救う目的で、カーテンの陰に隠れろと助言したとは考えにくい。宴会ホールをでるように助言するほうがよほど確実だ。そもそも緒林は自作小説を売りこむことにも不器用ぶりを露呈している。無数の発火装置を作り、こっそり仕掛けてまわれるだろうか。

沙友理がため息まじりに疑問を呈した。「ふたり以外全員の死亡が確認されたっていうけど、ほかに遺体は見つかってないのかな？　遺体の総数がひとり多かったりしてない？　ぴたり一致？」

「さあ……。そこは報道されてないから、警察しか知らないことかも」

「杉浦さんは警察に知り合いが多いんでしょ？　教えてもらえないの？」

「多いわけじゃないですけど、向こうが考えをきいてきたりもしたので……。緒林さんのことを通報がてら、こっちからも質問することはできるかも」

「ならわたしも一緒に行く」沙友理が立つ素振りをしめした。「いまから出発する？」

「いえ」李奈は腕時計を眺めた。「きょうは夕方からコンビニでバイトなので」

「バイト？　そんなの……」

「家賃が払えなくなっちゃいます」

「ここに住めば?」

冗談だと思い、李奈は笑いかけた。ところが沙友理が真剣なまなざしを向けてくる。

なんだか妙な空気が漂いだした。

沙友理がつぶやいた。「この家、なんだか広すぎて、夜とか怖いし」

「……狭いとこに移ったほうが」

しばし沈黙があった。ふたりは同時に笑いだした。ほとんど条件反射的に、二十代の女子ならではの笑い声を互いに発した。

おかげで瞬時に打ち解けたような気がする。ひとしきり笑ったのち、沙友理の表情がまた沈みだした。静かな物言いで沙友理が告げてきた。「あのね、杉浦さん」

「なんですか」

「放火事件の被害者一覧、いろんなニュースサイトにでてるでしょ」

「……はい」もう笑ってはいられなかった。李奈はスマホを操作し、ニュース記事を検索した。

被害者一覧はあちこちに掲載されている。探すまでもなかった。それを画面に表示する。

どの記事も犠牲者を有名順に紹介している。年収億超えレベルの、誰もが知る超人気作家の名が冒頭に連なる。司東湊翔《しとうみなと》（52）、黒磯康太郎（58）、斗ケ沢暖《とがさわだん》（53）、沖住涼真《おきずみりょうま》（49）、躍場夏帆《おどりばかほ》（39）、焼谷海晴《しょうやみはる》（44）、香東美月《かとうみづき》（38）……。中段以降には、過去に文学賞を受賞した大御所が並ぶ。協会理事の井茂泉州（55）、藤森が旧友として挙げていた勝居冬至（68）、貞藤功（61）、弓家真裕美（64）……。

沙友理がつぶやきを漏らした。「わたしの名前がその記事にあってもおかしくなかった」

李奈は無言で沙友理を見かえした。沙友理が鬱屈《うっくつ》とした表情でうつむいている。事実にちがいない。沙友理が懇親会に出席を伝えたら、熱烈に歓迎されただろう。その結果、被害者名簿にもトップで掲載される。見出しに単独で名が大書されたかもしれない。

沙友理の感じる孤独が、徐々にわかってくる気がした。遠い世界の姫のような暮らし、夢にしか見たことのないベストセラー作家の生活。桁《けた》ちがいの印税。けれども作家として送る日々は、そう変わらないのかもしれない。不規則になりがちな起床と就寝。いつもぼうっとしながら小説のつづきを妄想する。ゲームをやるぐらいなら原稿を書き進める。ときおり台詞《せりふ》を声にだしたり、立ちあがって動きまわったりする。どんな状況でも静寂だけがかえってくる。自分ひとりしかいないと痛感する。

孤独な日々のなかで被害妄想も募りがちになる。しかし沙友理には当てはまらない。彼女は実際に汐先島で命を落としかけた。暗く閉ざされた部屋に三日も監禁された。小説家の大量死というショッキングな事件を知れば、身に迫る恐怖を感じて当然だ。けっして売れっ子作家のエゴなどではない。

「あのぅ」李奈は遠慮がちに申しでた。「櫻木さんさえよければ、わたしバイトが終わったら、また寄りますので」

「わざわざ？　夜に来るなら泊まっていけばいいのに」

「わたしも執筆を……。いちおう書き進めなきゃいけませんから」

「ならパソコンを持ってくれば？　部屋空いてるし」

「家賃がもったいないので……」

「引き払って一緒に暮らしてもいいのに」

李奈は言葉に詰まった。心臓がどきどきと波打ってくる。沙友理は涼しい目を向けるばかりだった。

「あの」李奈は腰を浮かせかけた。「そろそろ行きます」

「まだいいじゃない」

「川端康成《かわばたやすなり》みたいなことを……」

また急に二十代どうしに戻り、互いにげらげらと笑った。極端な緊張と弛緩《しかん》の繰りかえしだった。これが出版界の頂点と底辺のケミだろうか。

大笑いしたのち、沙友理が指先で目もとを拭《ぬぐ》った。「杉浦さんは変わってる。やっぱ天才なのかも」

「まさか……」

「わたしにいっさい頼ろうとしないよね。でもそれで気づかされた。わたし最近ちょっと思いあがってたかも。おととしまで化粧品の販売員で、家賃八万のワンルーム暮らしだったのに」

「……へえ」李奈はすなおに驚いた。櫻木沙友理の過去をきくのはこれが初めてだ。経歴はマスコミでも極力、非公開にされていた。「そうだったんですか」

「中卒だし」

リアクションに困る発言だった。李奈はたずねた。「ほんとですか」

「ほんと。両親の家は京都の山科《やましな》区にあるの。貧しかったわけじゃなくて、単にわたしが勉強嫌いで」

「それであんなにすごい小説が書けるんですか」

「学力と小説を書く能力は別でしょ。読書してりゃ語彙《ごい》力はつくし、意味をまちがったり漢字を誤変換したりしても、編集者が直してくれるし」

「たしかに」李奈は思わず笑った。「でも本物の天才は櫻木さんです。どう転んでも、わたしには櫻木さんみたいな小説は書けません」

「妄想に歯止めがかかってる」

「……はい？」

「みんな妄想が暴走しない。もちろん人としては、そっちのほうがまとも。わたしは会う人会う人、裸の姿を想像するし、性交するさまを思い浮かべずにはいられない。相手が誰であっても」

笑みが凍りつくとは、まさにこの瞬間かもしれない。李奈は腰が引けていた。「そ、そうなんですか」

「たとえば不動産屋さんと会話するとき、裸を連想するのを躊躇《ちゅうちょ》するでしょ。妄想をみずから制御しちゃう。それは立派なことだけど、突き抜けた先に自由な創作がある」

「ふつうは思い浮かべようともしないかと……」

「そうなの？　わたしはいつでも妄想がとまらない。そのまま小説に書くことで、なんとか落ち着く」

沙友理の端整な顔にある大きな瞳《ひとみ》が、じっと李奈を見つめてくる。李奈は鳥肌が立つ気がした。喩《たと》えようのない居心地の悪さ。しかし沙友理に悪気はないようだ。むしろ理解してほしいとうったえているようでもある。

これが天才小説家か。小手先の技術だけで書いている李奈の小説作法とは、まったく趣を異にする。向き合っているだけでも冷や汗が滲《にじ》んでくる。

とはいえ同情心も湧いてくる。李奈は思いのままをささやいた。「ふだん大変でしょう……」

「ええ」沙友理がため息とともにうなずいた。「人と長く会ってると奇行がめだつようになる。だからひとりでいるのが気楽。そのためになるべく広い生活空間が必要なの。いわば偶然お金を稼げるようになった引き籠《こ》もり」

「そんなこと……」李奈は笑いかけたものの、沙友理はにこりともしなかった。

偶然稼げるようになった引き籠もり。たしかに小説家の成功とは、まさにそれに尽きるのかもしれない。

「杉浦さん」沙友理が震える小声を響かせた。「わたし嫌われてるよね。あんなに多くの手紙が届くんだもん。汐先島でも、ほかの小説家さんたちと仲よくしたかったのに……」

妄想が暴走するほど敏感な性格ゆえ、対人恐怖の度合いも半端ではないようだ。そのせいもあって、ひどく孤独にさいなまれている。ひとりの妄想は気楽な反面、ふと寂しさがつきまとう。信頼できる現実の友達を欲するものの、気の合う人はなかなか見つからない。そのあたりのことは同じ小説家だからわかる。

とはいえ李奈は凡人だった。好むと好まざるとにかかわらず、不特定多数との人づきあいなしには、物理的に生きられない。変な妄想に駆られることもない。

李奈は静かにいった。「やっかみは多いでしょうけど、櫻木さんを本気で嫌いになる人なんかいませんよ」

「でも汐先島では……」

「担当編集の榎嶋《えのしま》さんが怒りを買ったんです。犯人たちも櫻木さんを傷つけられず、ずっと決断を先送りにしていました。もしかしたら櫻木さんが、小説家協会の懇親会に出席していたら、放火犯もその日の犯行を断念したかもしれません」

「なぜ？」

「櫻木さんみたいなすばらしい人を失うのは惜しいから……。誰でもそう思います」

気休めのひとことでしかない。特になんの根拠もなかった。沙友理は複雑な面持ちになった。「命の恩人の言葉を信じたいけど……」

こんなときは論理的な話をするべきかもしれない。李奈はスマホを眺めた。「小説家が命を狙われたのだとして、このなかの誰だと思いますか」

「さあ……」沙友理も自分のスマホに目を落とした。

李奈はいった。「ふだんから政治面で急進的な発言がめだつ人がいます。黒磯康太郎さんは新聞のインタビューで、日本が核武装すべきと主張しましたよね。非難が集中しても、いっこうに動じない姿勢をとってました」

「ああ。そういう報道もあったような……」

「理事の井茂泉州さんもいちど、反社勢力とのつながりが取り沙汰《ざた》されました。暴力団幹部に取材した見返りに、一千万円の支払いを約束したはずが、本があまり売れなかったので踏み倒したとか。五年ぐらい前ですか。実際に家の玄関ドアに、銃弾を撃ちこまれて……」

「杉浦さん」沙友理が思い詰めたようすでささやいた。「わたし、懇親会に出席するはずだったの」

「……はい？」

「ドタキャンしちゃった」沙友理の潤んだ目が李奈をとらえた。「でも葉書には出席に丸をつけて返信した。当日まで出席することになってた。会員専用サイトの出席者リストにも載ってたの」

8

犯人の狙いが櫻木沙友理だった可能性もある。そう知ればこそ、いま彼女の外出には賛成しかねた。でかけた先で命を狙われないという保証はない。物騒な話だが否定しきれなかった。

それでも沙友理は、どうしても李奈と一緒に警察に行きたい、そう主張した。やむなく捜査一課の知り合い、山崎と佐々木の両刑事に連絡をとってみた。今回の事件に関わっているのは佐々木のみとわかった。

捜査本部は中央署に設けられている。警察の内情はよくわからないが、任意の参考人を集中的に呼びだす日がきまっているらしい。その日なら会えるとの返事だった。

薄曇りで湿度の高い午前十時だった。李奈は日本橋兜町《にほんばしかぶとちょう》にある立派なビルに足を運んだ。看板と正面玄関を見なければ、商社かと思うほどの豪華なたたずまい。受付も広く、対応もひとまずは丁寧だった。

沙友理とは現地での待ち合わせを約束した。クルマで迎えにいくと沙友理はいったが、阿佐谷のボロアパートのわきは狭い生活道路でしかなく、ポルシェ・カイエンが横付けできる余裕はない。駅でのピックアップという提案も遠慮した。電車での移動のほうが気楽だ。

まだ沙友理は着いていないらしい。李奈はひとりで刑事組織犯罪対策課のフロアを歩いていった。役所然とした殺風景な廊下で、制服警官らとすれちがうが、特に声はかからない。壁沿いの掲示板に防犯キャンペーンや警察官採用案内のポスターが貼ってあった。このフロアの廊下も一般の来訪者の往来が前提だとわかる。

人影が行く手の角を折れてきた。セイウチのように太った初老の男性だった。ポロシャツに背広用スラックスが、はちきれんばかりに張りきっている。薄くなった白髪頭とあいまって、休日のお父さん、もしくはお爺《じい》さんという印象が濃厚だった。だが男性は李奈を見るなり驚きの声を発した。「杉浦さんじゃないか」

李奈も面食らった。「田中昂然先生⁉ こんなところでお会いするなんて」

ふつう顔見知りの小説家どうしは、さん付けで呼ぶ。しかし田中の場合は先生との敬称がふさわしい。大御所ミステリ作家で日本文藝家協会の副理事だからだ。

田中は焦燥をあらわに歩み寄ってきた。「ちょうどよかった。どうか私を助けてくれ。弁護士なんか本気で当てにならん」

「どうなさったんですか」

「任意だといいながら、ここの刑事どもは、私を完全に被疑者あつかいでな。奴らは血も涙もない」

「警察の人たちがですか？」

「そんな警官像などステレオタイプすぎる、ほんとの刑事はもっと人間味があると、私は文学賞の選考委員会で声高に唱えてきた。いま撤回する。あいつらはただの国家の手先だ」

廊下に靴音が響いた。以前に李奈のアパートを訪問したふたり、警視庁捜査一課の江郷と徳平が、眉間《みけん》に皺《しわ》を寄せ近づいてくる。江郷刑事が咎《とが》める口調でいった。「田中さん。勝手に出歩かないでください。まだお話をきいてる最中じゃないですか」

「お話をきいてる？」田中が憤然と吐き捨てた。「猫をかぶりおって。さっきの部屋での態度はなんだ。まるで被疑者への取り調べじゃないか」

徳平がため息をついた。「おおげさですよ。三月十日に自宅にいたことを、具体的に証明する手段がおありですかと、ただ質問しただけです」

「具体的！　証明！　そんな言葉は犯人を追い詰めるときにしかありえん。私は長年ミステリを書き、人の心理というものを精査してきた。猜疑心《さいぎしん》なしにそんな台詞《せりふ》など思いつかんはずだ」

刑事たちは呆《あき》れたような態度をとった。江郷がどうでもよさそうに田中にきいた。

「そうなんですか」

「そうとも。ああ、またそんな非常識な輩《やから》を見るような目を向けおって」田中は李奈に告げてきた。「警察は私を疑っとる。ほら、前に私は冗談を口にしたろ。推理作家協会のパーティーで、人気作家が一堂に会するのはよくないと」

李奈はささやいた。「売れない作家が放火するかもしれないとか……」

「あんなのは冗談だ！　きみならわかるだろう？」

江郷刑事がうんざりした顔になった。「田中さん。その一点のみで疑わしいと思ってるわけじゃないんです。小説家協会の会員さんで、懇親会を欠席なさったかた全員に、事情をうかがわなきゃならないんですよ」

「家で執筆してたといっただろう！　証明などできん。ひとりで書くのが小説というもんだ」

李奈は穏やかにいった。「田中先生。執筆にはパソコンをお使いですよね。ネットで調べものをしながら書いておられるのではないですか」

「ああ。もちろんそうしとる。ワープロソフトで変換できない漢字を使いたいときも、

〝てへんに習う〟とグーグルで検索すりゃいい。〝摺〟がでてきて、原稿にコピペできる」

「なら執筆中にアクセスしたURLについて、なぜそのページにアクセスしたか、理由も説明できますよね」

「むろんだ。いや正確には、URLだけじゃわからんが、ページの表示を見れば思いだす。これは小説のここを書くために検索して開いたとな」

「原稿の文書ファイルもUSBメモリーだけじゃなく、クラウドに保存してませんか」

「しとるよ。パソコンが壊れたうえに火を噴いたら、USBメモリーも焼失しちまうからな。せっかく書いた原稿が吹っ飛ぶなど願い下げだ。自分宛《あて》のメールに添付して送ることで、四六時中クラウドに保存するようにしとる」

「ならIPと端末の履歴から、田中先生がネットにアクセスしつづけてたことが証明できますね」

「ああ……。そうだ！　執筆中は頻繁にネットを活用しとる。私が部屋でパソコンを操作しとったことは証明できる」

徳平刑事が口をはさんだ。「ほかのどなたかが田中さんの部屋にいた可能性も否定できませんよね」

「いえ」李奈は首を横に振った。「検索のタイミングや頻繁に開くURL、サイト閲覧時間など、アクセス情報からその人独自の癖が読みとれるはずです。データマイニングによる解析が、人物を特定する証拠になった、そんな判例があると思いますが」

ふたりの刑事が硬い顔を見合わせた。江郷刑事が李奈に向き直った。「端末だけでは証拠として不充分ですから、プロバイダーに情報の開示を求めねばなりません。裁判所命令もなしに」

「そこまでしなくても、ユーザーである田中先生ご自身が同意なさっていれば、プロバイダーも拒まないでしょう。警視庁から捜査内容の重大性をお伝えになればなおさらです」

徳平が渋い顔で江郷を見つめた。上司の判断を仰いでいる。

江郷刑事がうなずいた。「田中さん。その線で協力願えますか」

「いいとも。そういうことなら前向きに考えよう」田中は興奮ぎみに、早口で李奈にまくしたてた。「きみは前に会ったときより、ずっと成長したな！　まるで私が若いころ書いた『巨乳探偵ミカ』を彷彿《ほうふつ》させる度胸と知識力だ」

そのネーミングはどうかと思う。李奈はしらけた気分でいった。「セクハラになりますよ」

「そうか？　すまない。ちょっと官能小説寄りで、昭和《しょうわ》に始まったシリーズだからな。いまのポリコレにうるさい出版界はどうも……」

徳平刑事が咳払《せきばら》いをした。「田中さん」

「わかった、いま行く。では杉浦さん。きみは本当に頼りになる人だ。警察小説の傑作を書く日も近いな。心から感謝する」

一方的に喋《しゃべ》り終えると、田中は廊下を引きかえしていった。徳平刑事が萎《な》えた顔で歩調を合わせる。

江郷刑事はその場にとどまった。「杉浦さん。きょうはなんの用で？」

「佐々木さんに会う約束がありまして」

放火事件の捜査担当として、李奈のアパートを訪ねた江郷や徳平を差し置き、佐々木刑事と話そうとする。快く思わないのではないか。李奈はそんなふうに危惧《きぐ》したが、江郷は特に気にしたようすもなく、平然とうなずいた。

「そうですか」江郷がきいた。「佐々木にはもう到着が伝わっていますか？」

「はい。受付から連絡していただいたので」

「わかりました。ではそちらのほうもよろしく」江郷刑事は軽く頭をさげ、廊下を立ち去っていった。

捜査本部も分業なのだろう。とりわけ今回のように大きな事件の場合、誰もが各自の仕事で手いっぱいらしい。

李奈はまたひとりきりになった。受付できいた部署へと、ふたたび歩きだした。

廊下の十字路に差しかかる。すると野太い怒鳴り声がきこえてきた。「知るかよ！井茂に貸した金が返ってくりゃそれで……」

自然に足がとまる。李奈はそちらに目を向けた。パンチパーマに襟を立てたシャツ、ヤクザにしか見えない五十代ぐらいの男性が抗議している。声がフェードアウトしたのは、なだめる人間がいるからだ。ヤクザと向き合っているのは、二十代後半の刑事、篠井と嶋仲だった。ふたりはやけに腰を低くし、ヤクザに声を張らないよう、さかんにうながしている。

嶋仲刑事がこちらに気づいた。気まずそうに篠井にささやきかける。篠井も李奈に目を向けてきた。李奈に挨拶《あいさつ》するでもなく、ヤクザを別方向にいざなう。両手をズボンのポケットに突っこんだヤクザは、肩で風を切りながら、ふたりの刑事とともに消えていった。

李奈は訝《いぶか》しく思った。まるでヤクザの子分のようにへりくだった態度。とはいえ犯罪の証拠がないうちは、いかにヤクザっぽい人間であろうと、一般市民として扱わねばならないのかもしれない。さっきの発言から察するに、井茂泉州に金を貸した暴力団員の可能性が高かった。やはり任意で事情をきかれているのか。井茂が死去してしまったため、借金が取り立てられず憤慨している、そんなところだろうと李奈は思った。

また廊下を歩いていった。行く手を曲がると、その先に〝関係者以外立入禁止〟の立て看板があった。それより手前のわきのドアが開放されている。捜査本部ではなさそうだが、わりと広めの室内だった。事務机が縦横に並ぶ。私服と制服の警官が忙しく立ち働く。

ドアに最も近い女性警察官が立ちあがった。内勤だからか胸にネームプレートをつけている。鈴木《すずき》とあった。女性警察官が李奈に問いかけてきた。「なんでしょうか」

「杉浦です。警視庁の佐々木さんに……」

ああ、と女性警察官がいった。「すみませんが、そちらでおまちいただけますか」

女性警察官はわざわざ廊下にでてきた。後をついていくと、いくつか角を折れた先で、廊下沿いの待合椅子を勧められた。さっきの部屋付近でまつことは許されないらしい。李奈はおじぎをし椅子に腰かけた。女性警察官は去っていった。

ひとり待合椅子に座っていると、フロアじゅうの話し声が響いてくる。ずいぶん大勢の人々が、あちこちの部屋で言葉を交わしている。頻繁に語気を強めたり、声を荒らげたりする。大事件になるとこんな状況も当たり前なのだろうか。もう事件発生から三か月以上も経つのだが。

やがて靴音が近づいてきた。鈴木という女性警察官がまた現れた。携えてきたポリ袋を差しだしてくる。なかにはハードカバー本が入っていた。黒磯康太郎著『慟哭の生涯』だった。

女性警察官がいった。「嶋仲がこれをご返却すると……。こちらに署名をいただけますか」

クリップボードに挟まれた書類に記名欄がある。李奈は戸惑いがちにきいた。「わたしの持ち物ではないんですけど」

「はい。嶋仲からうかがっております。この代理人という欄に丸をつけたうえで、ご署名を」

病院で藤森に会ってから四日。もう本の鑑定なり検査なりは済んだらしい。現場にあった物というだけでしかなく、なにも検出できなかったのだろう。さっき嶋仲と篠井が李奈の姿を目にとめ、ちょうどいいと返却をきめたのかもしれない。

李奈は書類に署名をし、ポリ袋を受けとった。女性警察官はクリップボードを携え、もう少々おまちを、そういってまた歩き去った。

ポリ袋のファスナーは閉じきっていなかった。取りだしてもかまわないのだろう。李奈はハードカバーを手にとった。いっさいダメージをあたえないよう、そっと本を開く。黒磯康太郎のサインがあったのは、たしか176ページのはずだ。

心に奇妙な感触をおぼえた。異様な気分が胸のうちにひろがっていく。李奈は焦りながらページを繰った。信じられない事態をまのあたりにした。

176ページが破りとられている。しかも雑な破りようだった。ページの付け根に、斜めに破れた紙が残っている。サインの一部と〝……森智明さんへ〟と書かれた箇所は、本にくっついたままだ。もし黒磯康太郎のサインを盗もうとしたのであれば、こんな破り方はありえない。

本に使われる紙は案外丈夫だ。軽くひっぱっただけでは破りとれない。両手で力をこめ、紙を手前に浮かせながら、意識的に破っていく必要がある。事故ではけっしてこんなふうには破れない。盛大に音もするため、気づかないうちに破れてしまったということも、まずありえない。

嶋仲刑事は病院でこの本を受けとった。持ち主の藤森は本を静かに閉じ、慎重にポリ袋に収めた。本を閉じる寸前まで、サインの入った176ページは無事だった。一ミリたりとも破れてはいなかった。あのとき李奈は目の前の状況をしっかりと観察していた。もし嶋仲が本を粗雑に扱おうものなら、ただちに抗議の声をあげる構えだった。

本の入ったポリ袋を、嶋仲刑事はカバンにいれ、広い部屋の出入口へと運んでいった。そこで篠井刑事に手渡した。篠井はすぐに部屋を去った。

サインが破りとられたのはあれ以降、警察が預かっていた四日間にかぎられる。いま李奈は本を女性警察官から返却された。警察関係者以外が手にできたはずがない。

李奈は立ちあがった。足ばやに廊下を突き進む。何度か角を折れ、さっきのドアに達した。開放状態だったドアがいまは閉じている。李奈はノックした。

ほどなくドアが開いた。女性警察官の鈴木が顔をのぞかせた。迷惑そうな表情が浮かぶ。

李奈はきいた。「嶋仲さんか篠井さんにお会いできませんか」

「……それぞれ勤務中でして」

「でもついいましがた、そこの廊下で見かけたんですけど」

「佐々木に会われるというお申し出……」

「ええ。佐々木さんにも用があります。でも嶋仲さんと篠井さんにも尋ねたいことがあるんです」

「どのようなことでしょうか」

「この本ですけど、慎重に取り扱いましたか。故意か否かにかかわらず、破損していませんか」

「……おまちください」女性警察官が顔をひっこめた。ドアが静かに閉じる。

待合椅子に戻るようにはいわれなかった。女性警察官も当惑したようすだった。ここでまつしかない。

ふいに沙友理のささやく声が耳に届いた。「杉浦さん」

はっとして振りかえる。櫻木沙友理が背後に立っていた。きょうは帽子をかぶっていない。なぜか怯《おび》えたように顔をひきつらせていた。

驚きとともに李奈はきいた。「どうしたんですか?」

「これ……」沙友理の震える手が、小さく折り畳まれた紙を差しだした。

愕然《がくぜん》としながら受けとった。李奈は慎重に紙を広げた。それは小説だった。176ページ。しかも黒磯康太郎のサインが入っている。

李奈は本を開いた。破りとられた箇所に紙を当ててみる。断面はぴたりと一致した。

書きこまれたサインもつながった。この本から破りとられたページでまちがいない。

「櫻木さん」李奈は沙友理を見つめた。「これはいったいどこで……?」

「うちのキッチン。食器棚の奥、お皿の下にあった」沙友理がうろたえたようすで告げてきた。「信じられない。うちには誰も招いていない。あなた以外は」

「わたしはキッチンになんか……。食器棚に触ってもいません」

「その本は?」沙友理が蒼《あお》ざめた顔できいた。

「さっき女性の警察官が返してくれました。でもページが破りとられてて」

「警察官が返したのに破れてた? たしかなの?」

「ええ。ついさっきのことです。このポリ袋に収まってて……」

ドアが開いた。李奈はとっさに破れたページをはさんで本を閉じた。

室内から現れたのは、鈴木という女性警察官のほか、嶋仲と篠井の両刑事だった。別室でヤクザの事情聴取をしていたはずが、この部屋にはほかにも出入口があるのかもしれない。ほかに警視庁捜査一課の刑事の顔もあった。約束した佐々木刑事だった。

全員が怪訝《けげん》そうな目でたずねてくる。李奈はハードカバーの表紙を見せ、うわずった声を響かせた。「この本に手を加えてませんか」

嶋仲が眉《まゆ》をひそめた。「どういう意味ですか」

「ページを破ったおぼえは？」

「いや」嶋仲は首を横に振った。同僚の篠井に問いかける。「破れたページなんかあったか？」

「わかりません」篠井が平然と応じた。「袋ごと鑑識に渡したので」

するると嶋仲が手を差し述べてきた。「詳細は鑑識課員でないとわからないんです。もういちど預かりましょうか」

「結構です」李奈は本を背後にまわした。

「杉浦さんがお越しになるというので、西田さんの代わりに本をお渡ししてもかまわないだろうと思ったのですが、まずかったですか」

「いえ。べつにそういうわけでは……」

沈黙が降りてきた。不穏な空気が漂う。佐々木が険しい顔を向けてきた。「杉浦さん。なにかお話があるとのことでしたが」

ためらいが生じる。緒林桔平について話したい。警察の捜査がどこまで進んでいるかも探りをいれたい。

だがこの状況では切りだしにくい。警察に対する不信感だけが膨れあがっていく。ページを破りとったのは誰だろう。嶋仲か、篠井か。女性警察官の鈴木の可能性もある。鑑識課員かもしれない。

嶋仲がふと気づいたようにいった。「橘さん？」

櫻木沙友理の本名だ。沙友理は困惑したようすで会釈した。

篠井も気遣わしげな態度をのぞかせた。「外出なさっていいんですか？　警察に身辺警護を頼まれましたよね？」

「……お受けいただけませんでしたよね」

「ええ。うちもさすがに、著名なかたというだけで、個人の警護となると……。橘さんが具体的な脅迫を受けたりしたら別なんですが。その後なにか変わったことは？」

「特にありません。でも三月十日の懇親会は、出席予定の名簿にわたしも載っていたはずなので……」

「心配になるお気持ちもわかりますが、ほかに憂慮すべき事態が起きていない以上、橘さんが狙われているという確証はありません。可能性としては低いと思います」

「なぜそういいきれるんですか」

「いえ、あのう……。絶対にないとは断言できませんが、私どもも慎重に捜査を進めておりますし、橘さん個人に差し迫った危険はないと考えております」

「絶対じゃないんですよね？」

たしかめておきたいことがある。李奈は割って入った。「警察は櫻木さんの住所を把握してるんですか」

嶋仲と篠井が顔を見合わせた。篠井がおずおずといった。「それはまあ、以前に事情をうかがいましたし、身辺警護のご依頼の際、住所もお書きいただいたので」

櫻木沙友理の本名を知る者さえ、世間にはごく少ない。出版関係者でも住所を知らない。しかし警察は知っている。

ページを破ったのは警察内の誰か、その事実はあきらかだった。破れたページは櫻木沙友理の家から見つかった。刑事たちは素知らぬ顔でとぼけている。

李奈は嶋仲を見つめた。「このあいだ病院でも櫻木さんと会ってますよね？」

「……杉浦さんたちが西田さんに面会した日のことですか。ああ。あのとき一緒にいたのは、橘さんだったんですか。気づかなかった」

ないとはいいきれないが、どうもあらゆることが不自然に感じられてくる。李奈は疑問を呈した。「よほどこの本に気を取られてたんでしょうか。なんでそんなことに……」

佐々木が遮った。「杉浦さん。私に話したいことがあるというのは？」

思わず口をつぐんだ。警察官たちの射るような目が突き刺さってくる。

「すみません」李奈は沙友理をうながし、その場を立ち去りだした。「お手数をおかけしました。また出直します」

「杉浦さん」佐々木がじれったそうにいった。「私たちもそんなに暇じゃないんですがね」

「ほんとすみません……。重要なことだけご連絡差しあげますので。きょうはご迷惑をおかけし、本当に申しわけありませんでした」

李奈は沙友理とともに、足ばやに廊下を歩きだした。訝《いぶか》しげに見送る刑事たちの視線を背に感じる。追ってくる靴音はなかった。

沙友理が緊張の声でささやいた。「どういうことなの？　なんで警察が……」

「まだわかりません」李奈は息を弾ませながら、小走りに廊下を突き進んだ。「ひとつだけはっきりしてます。警察は頼りにできません」

9

白金《しろかね》の北里《きたさと》通り沿い、幅の狭いビルの一階に、オープンテラスの〝バイロンカフェ〟がある。

午後に入り薄日が射してきた。李奈は沙友理に誘われ、テラス席のテーブルに座った。沙友理の身を案ずるなら、家でじっとしているべきだと思ったが、この店の立地を知って考えが変わった。

道路を挟んだ向かいは白金三光町《さんこうちょう》交番だ。刑事に不信感を抱いたばかりではあるものの、まさか巷《ちまた》の警察官が、目の前の暴力沙汰《ざた》を見過ごしたりはしないだろう。ひとまず安全地帯と思いたい。

いまは人と待ち合わせをしている。沙友理が知り合いを呼びだしたからだ。さっきいったん櫻木邸に帰ったものの、クルマを置いてまたでかけてきた。カフェにいるのは理にかなっている。ふたりともベイクドチーズケーキとコーヒーを注文した。テーブルの上に、黒磯康太郎著『慟哭の生涯』、ハードカバーを開いて置いた。無残に破られたページをあてがう。何度眺めてもため息しかでない。

李奈は弱りきった気分でこぼした。「藤森さんにどう説明すればいいのかな……」

沙友理も憂鬱《ゆううつ》な顔だった。「信じてもらえないかもね」

病院で藤森に会ってから四日が経った。この本のページが破られ、沙友理の家に隠されたのは、この四日間に限定される。李奈は沙友理にきいた。「最近誰か訪ねてきましたか」

「いえ。招いたのはあなただけ」

「家を空けることはありましたか」

「ときどき買い物にはでかけるから……。でもいつも一時間以内に帰ってる」

「けさ食器棚のお皿の下からでてきたんですよね？　前にそこを見たのはいつですか」

「もうずっと前……。きのうの夕方ごろ、いつもお願いしてる清掃業者から、留守電が入っててね」

「留守電？」

「固定電話を引いてるの。インタビュー取材後に、記事のゲラをファックスで送ってくる版元も、まだたまにあるでしょ。もちろん電話は留守電専用。絶対に受話器は上げない」

「清掃業者さんはどんなメッセージを……？」

「前に家を掃除してもらったのは二か月も前だけど、そのとき強めの消毒液を撒《ま》いたから、念のため食器類は使用前に洗ったほうがいいってアドバイス」

「二か月も経ってからですか」

「いえ、むしろおせっかいなぐらい親切。食器を使う前に洗わない家があったとかで、念のため顧客全員に告知するって。この辺りの戸建て専門の清掃業者さんだから、とてもアットホーム」

「へえ。じゃお金持ちばかり相手にしてるんでしょうね。ルンバだけじゃ大変だろうなと思ったら、やっぱ掃除してもらってるんですか」

「でもね」沙友理がコーヒーカップを口に運んだ。「わたし、ひとり暮らしでフードデリバリーばかり利用してるから、自炊しないの。お皿はセットで買ったけど、来客もないし、ずっとほったらかし。まして五枚ぐらい積んである皿のいちばん下だし」

「そこにこのページがあったんですか」

「そう。小さく折り畳まれてた。お皿をまとめて食洗機にかけようと思って、ぜんぶ取りだしたら、それが隠れてた」

にわかには信じがたい話だった。李奈は唸《うな》った。「家の鍵《かぎ》を持っているのは、櫻木さんだけですよね？」

「いえ。合鍵《あいかぎ》をホームセキュリティの営業所に渡してあるから」

「合鍵を……ですか？」

沙友理は表情を変えなかった。「ふつうのことでしょ。ホームセキュリティには現場駆けつけサービスってのがあるの。留守中にセンサーが侵入を感知したら、警備員が宅内の状況を確認してくれる」

「それがふつうなんですか？」

「ええ。どの警備会社でもセキュリティプランの標準仕様。もちろん鍵を預けなくてもいいけど、わたしは家のなかまでたしかめてもらいたいから。知らなかった？」

ホームセキュリティの契約自体、まったく縁のない話だ。李奈は率直な疑問をぶつけた。「いくら信頼できる会社だといっても、他人にあがられるのは嫌じゃないですか？」

「ブリュノは白金じゃ信頼度が高いし、家に入ってからでるまで、ヘルメットのカメラで動画を撮影するきまりなの。警備員が勝手な真似はできないようになってる」

「いままで留守中にセンサーが鳴って、警備員が駆けつけたことは？」

沙友理は首を横に振った。「いちどもない」

「緊急出動時以外に、鍵を勝手に使われちゃうかも」

「でかけるときはホームセキュリティをオンにしとくでしょ。いったんドアを開けたら三十秒以内に、家のなかにある端末に暗証番号を入力しないと、警報が鳴って営業所に通報が行く。セキュリティをオフにしたら記録に残る。警備員が勝手に侵入すれば、ちゃんと判明するの」

営業所のほかの職員もグルで、記録をリセットしてしまう可能性はないのか。そこまでは起こりえない仕組みなのだろうか。

沙友理の食欲は減退していないらしい。チーズケーキをほとんど平らげた。次いでピルケースをとりだす。錠剤を口にふくみ、グラスの水を呷《あお》った。

李奈は沙友理を気遣った。「どこかお身体のぐあいが……?」

「抗うつ薬」沙友理がささやいた。「うつ病でね。これで何日かは運転できない。前の仕事をしてたときに発症して。辛《つら》くなって辞めちゃったの」

「……そうだったんですか」

「失業手当を受けているあいだに、小説を書き始めてね。当時、文学賞と関係なしに原稿を募集してるのは、爽籟社だけだった」

それがデビュー作『最期のとき』で、一躍ベストセラー作家に登り詰めたわけか。李奈はたずねた。「小説家になる意思はあったんですか」

「ええ。仕事にできればと思ってた。この仕事は気楽でいいよね。通勤ないし、人と一緒にいなくていいし、エンターキーを強く叩《たた》いても責められない。履歴書の提出も求められない。最終学歴も関係なかった」

「大手出版社の新人賞に応募したとしても、きっと受賞したでしょう。なのになぜ爽籟社に？」

「いちおう新人賞の募集要項を見たけど……。選考委員の作家先生のコメントとか、なんだか嫌味っぽいでしょ。小説家のＳＮＳを見ても、みんな性格悪いなと思って」

「そうでしょうか……」

「杉浦さんは純粋だよね。めずらしく性格がいい。小説家はマウント合戦ばかりしてる。承認欲求全開の意識高い系揃い。争いたくないし、関わりたくもなかった」

人と会いたくないのは、うつ病の症状のひとつだといわれる。その恐れもあって、同業者の悪い面だけが目につくのかもしれない。李奈は穏やかにきいた。「小説家協会の懇親会に行かなかったのも、それが理由ですか」

沙友理はうなずいた。「推理作家協会も文藝家協会も、パーティーにはいちども出席しなかった。でも最近調子がいいから、春の小説家協会の懇親会には、でてみようかなと思ったんだけどね……。当日になって、やっぱり無理だと悟った」

「気に病むことはありません。おかげでご無事だったんですから……」

オープンテラス前の歩道を、女性がベビーカーを押してきた。肩にかかるぐらいの黒髪、小顔で少しふっくらとしている。やや地味めではあるものの、シロガネーゼだからか、洒落《しゃれ》た服装に身を包む。ベビーカーの乳児のほかに、幼稚園にあがる前ぐらいの女の子をひとり連れていた。

女性は店内に入ってきた。李奈たちのテーブルに近づいてくる。年齢は三十代前半、猫のように大きな目、すっきり通った鼻筋の持ち主。多少童顔ぎみだった。もう少し痩《や》せていたら、モデルのような美女だっただろう。女性は微笑し、沙友理に声をかけた。「おまたせ」

沙友理が応じた。「早かったですね」

李奈は唖然《あぜん》とした。運ばれてきた椅子ふたつに、母親と女の子が座った。ベビーカーはその横に据えられた。

「あ」李奈は腰を浮かせた。「あのぅ。初めまして。杉浦李奈です」

女性もふたたび立ちあがり会釈した。「小笠原莉子《おがさわらりこ》です」

見覚えのある顔だと思った。過去に報道で目にした。当時はもっとほっそりとしていた。李奈はいった。「まさかあの……あなたが万能鑑定士Q？」

莉子が苦笑しながら座った。「むかしの話」

沙友理が李奈にきいてきた。「知ってた？」

「もちろんです」李奈は恐縮しつつ腰かけた。「ご主人がKADOKAWAにお勤めだったんですよね？」

「ええ」莉子はメニューに目を落としながら応じた。「夫が社員だったの。桜《さくら》はアイスミルクでいい？」

桜と呼ばれた女の子は、莉子をそのまま幼くしたような、いかにも可愛らしい面立ちをしている。シルバニアファミリーの小さな人形を李奈に向け、おじぎをさせた。ショコラウサギの女の子の人形だった。李奈は桜に微笑みかけたが、桜は照れたように視線を逸《そ》らした。いかにもこの年齢の子らしい。

注文について、桜は特に返答しなかったが、母親はイエスと受けとったようだ。アイスカフェラテとアイスミルク、莉子が店員にそう注文した。

ベビーカーの乳児がぐずりだした。莉子はベビーカーをゆっくり前後させてあやした。ほどなく乳児は笑顔になった。

李奈は莉子にきいた。「そちらは男の子ですか？」

「そう。悠葉《ゆうは》っていうの。悠葉、こちら杉浦李奈さん。櫻木沙友理さんは前に会ったよね？　こんにちはって」

むろん赤ん坊はまだ挨拶《あいさつ》できない。李奈はこんにちはといった。悠葉が目を細めるや、莉子と沙友理が笑った。

「それで」莉子がテーブルの上の本に目を落とした。「鑑定するのはこれ？」

沙友理がうなずいた。「そうです。このサインの真贋《しんがん》を……」

「破れてるのね」

「この状態で本物かどうか、わかりますか?」

「もちろん」莉子はベビーカー背面の収納スペースから、四六判と文庫、二冊の本をとりだした。どちらも黒磯康太郎の小説だった。莉子がいった。「本人にもらったサインがあるの。大阪梅田《うめだ》の紀伊國屋書店で、去年開かれたサイン会にでかけたから」

どちらも表紙の見返しにサインが記されている。〝莉子さんへ〟という添え書きもあった。

ちぎれたハードカバーのページと、持参した二冊のサインを、莉子は丹念に比較し始めた。ページに顔をくっつけんばかりにし、じっくりと観察する。桜は暇そうに人形を歩かせ、母親の鑑定作業を邪魔しにかかる。

李奈は指先で桜の人形をかまいだした。桜は李奈を遊び相手とみなしてくれたらしい。はしゃぎながら絡んでくる。李奈は桜の相手をしながらこぼした。「櫻木さんの知り合いの鑑定家さんが、凜田《りんだ》さん……いえ、小笠原さんだったなんて。びっくりです」

沙友理が微笑とともにささやいた。「莉子さんも白金に住んでるの。アンティークショップで家具を探してるときに出会って」

莉子が苦笑した。「櫻木さんが自治会の集まりにでたがらないから、わたしが代わりに連絡事項をきいたりしてる」

「いつも迷惑かけてばかりで……」

「そんなことないって。こういう機会も楽しいし」莉子はベビーカーの背面からタブレット端末をとりだした。「筆圧も観察しないと。アイパッド・プロのカメラで撮って、拡大してみましょう」

李奈は疑問を口にした。「見返しじゃなく、小説の文面上にサインするなんて、めずらしくないですか」

「いいえ」莉子はタブレット端末の画面を凝視しながら応じた。「サン＝テグジュペリの『星の王子さま』はどの国の版でも、〝いちばんたいせつなことは目に見えない〟と書かれたページに、著者のサインがある本に高値がついてる」

「へえ……」

「読者にとって思いいれのあるページにサインをもらうことは、わりとポピュラーなのかも」

「たしかに藤森さんが、このページにサインを求めた理由はわかります……。先日同じ本を読んだんですが、とても情緒的で叙情的で、心に残るくだりなんです」

アイスカフェラテとミルクが運ばれてきた。桜はグラスを目の前に引き寄せ、ストローでそっとすすった。莉子は飲み物そっちのけで、ひたすら鑑定に没頭している。

やがて莉子がため息をつき、タブレット端末の画面を向けてきた。「見て。一千倍に拡大した画像。ふたつのサインを半透明のレイヤーにして重ねてみると……。ほら、これ」

画面いっぱいに拡大された太い線が、ぴたりと一致している。李奈はつぶやいた。

「合ってますね」

「ここが起筆」莉子は画面に指を滑らせ、表示を縦横にスクロールさせた。「送筆、それから終筆。濃度が筆圧の証明。同じぐらいの濃さだとわかるでしょう？　転折と接画も一致。それに気宇」

「気宇？」

「へんとつくりの間隔のこと。もし真似して書いたのなら、気宇にちがいが現れやすい。サイン自体をトレースしたら、気宇は一致するけど、送筆のスピードが異なる。転折は絶対に同じにならない。これはすべてにおいて、まったく共通してる」

「では本物ですか」

「百パーセントまちがいなし。為書きの〝藤森智明さんへ〟も、サインと同じペンを使ってるし、インクの経年劣化も同等。わたしがもらった〝莉子〟と〝明〟のハネが同一。〝莉〟と〝森〟の左右のはらいもぴたり重なる」

沙友理が物憂げにつぶやいた。「やっぱり本物かぁ。万にひとつでも偽物であってほしいと願ったけど……」

李奈も落ちこまざるをえなかった。警察関係者が同じ本に、サインを似せて記入したうえで、破りとったように見せかけた。その可能性を考えたかったが、ありえないと判明した。

また乳児の悠葉がぐずりだした。莉子はベビーカーから悠葉を抱きあげ、腕のなかであやしながらいった。「サインだけじゃなくて、破れた箇所の断面も気になる」

どういうことだろう。李奈は莉子にきいた。「まさか一致しないとか？」

「いえ。その本から破ったページなのはまちがいないの。でも一気に破ったんじゃなくて、何回かに分けて力をこめてる。紙の目に逆らった痕跡《こんせき》があるから」

「紙の目……？」

「上から破り始めたとき、紙の目に沿って、まっすぐに破れていったんだけど、それじゃまずいと思ったみたい。わざわざ斜めに破ろうと方向を変えてる。紙の目に逆らうには、わりと力が必要。それでも角度が気にいらなかったらしくて、真んなかでまた手をとめ、斜め下へと破いた」

「なんでそんなことをしたんでしょうか」

「さあ。サインのあるページを盗みたいのなら、まっすぐ垂直に破ればいいよね。角度を変えたのは、サインを分断させたかったとしか……。贈る相手の名前もそう。〝藤〟と〝森智明さんへ〟に、意図的に分けたっぽい」

「するとサイン本としての価値を失わせることが目的ですか」

「ありうるかも。破りとったページのほうも、本のほうも、単体では意味をなさなくなったから」

沙友理が困り果てた顔になった。「メールにも書きましたけど、破ったページはわたしの家からでてきたんです。いったいどういうことでしょう」

莉子が神妙に応じた。「本は警察に預けたんでしょう？　常識では考えられない話。それに……」

李奈は身を乗りだした。「なんですか」

「この本もサインも偽物じゃないけど、どうもひっかかることがあるの。奥付を見て」

本を手にとる。李奈はページを繰った。巻末を開き、奥付の表記に目を通す。〝慟哭の生涯　黒磯康太郎　令和3年10月21日　第3版発行　株式会社張陵《ちょうりょう》出版　株式会社暁《あかつき》印刷〟……。

発行年月日は放火事件より五か月近くも前だから、それ自体はなにもおかしくない。とはいえ莉子のいわんとすることは理解できる。

「ああ」李奈はつぶやいた。「たしかに……」

「でしょう？」莉子が微笑した。

沙友理が眉《まゆ》をひそめた。「なに？　ひょっとして藤森さんに謝らなくて済みそう？」

「それは無理」莉子は申しわけなさそうにいった。「大事なサイン本が破られちゃった事実に変わりはない。この件についていえば藤森さんが最大の被害者」

「やっぱりそうですか……」

乳児の悠葉が声をあげ泣きだした。莉子は乳児を抱いたまま立ちあがった。うろたえるようすもなく、慣れたようすであやしながら、片手でベビーカーを押す。

莉子がいった。「ごめんなさい。悠葉がお昼寝の時間だから、いったん帰らなきゃ。つづきはまたメールするから。ここのお代は……」

沙友理が腰を浮かせた。「そんなのいいです。急に無理をいって申しわけありませんでした」

李奈も立ちあがった。「お目にかかれて光栄でした。凜田さん……いえ、小笠原さん」

「頑張ってね。それじゃ、また近いうちに。……桜」莉子が娘を呼んだ。

ぴょんと椅子から下りた桜が、シルバニアファミリーの人形で、李奈と沙友理に別れの挨拶《あいさつ》をする。母親に寄り添いながら、一緒に店をでていった。

沙友理は莉子を見送ったのち、深刻そうな顔を向けてきた。「これからどうすればいい？」

李奈は考えを言葉にした。「警察には相談できません。この四日間のうちに、櫻木さんの家に侵入した人を絞りこみます。まずそのアプローチしかないでしょう」

「そう」沙友理がためらいがちにささやいた。「容疑者にはわたしも含まれるんでしょ……？」

「櫻木さんはちがいます。小説家として尊敬してますし、人として信じてますから」

すると沙友理は驚きのいろを浮かべ、潤みがちな目を瞬《しばたた》かせた。「杉浦さん。ありがとう……」

笑みをかえしながら李奈は思いをめぐらせた。小説のなかの探偵とはちがう。誰でも手当たりしだいに疑うような人間にはなりたくない。まず信じたい。たとえ真実にたどり着く道が遠まわりになったとしても。

10

翌日は小雨がぱらついていた。李奈と沙友理は東京医科大学病院に行かねばならなかった。

病室を訪ねるつもりだったが、入院棟の廊下で有希恵と会った。パジャマにぶかぶかのワンピースを羽織ることで、近くのコンビニまで買い物に行けるようになったという。院内の売店より品揃えが豊富で嬉《うれ》しい、有希恵はそういって笑った。

会話が弾んだせいで、かえって心が沈んでいった。有希恵の案内で、藤森の休む病室に通された。李奈は沙友理とともに、まず深々と頭をさげた。

本を受けとるや藤森は嬉しそうな顔になった。サインがあるはずのページを開きにかかる。破りとられた箇所を見たとき、藤森の顔にはまだ笑いがとどまっていた。そこから頰筋がひきつりだした。衝撃のいろがひろがる。ぐあいが悪くなってしまうのではと緊張したが、藤森はただ黙ってうつむくばかりだった。

李奈は経緯を説明した。納得してもらえたかどうかはわからない。有希恵のほうが先に泣きだした。藤森は肩を落としたものの、穏やかな口調で告げてきた。杉浦さんと櫻木さんのおっしゃることですから、きっとまちがいないと信じます。

サインのページが紛失したわけではないのだから、このまま保存すると藤森はいった。中央署の刑事がときおり訪ねてくるが、どう対応すればいいか、藤森は助言を求めてきた。李奈にもはっきりした答えはなかった。向こうから本のことに言及してきたら知らせてください、そう藤森に頼むしかなかった。

病院からの帰り、李奈と沙友理はタクシーの後部座席に並んで座った。抗うつ薬の服用から数日、沙友理は運転をしないきまりだという。

車内には重い空気が充満していた。沙友理がささやいた。「藤森さん、ほんとにわたしたちの話を信じたと思う？」

「どうでしょう……」李奈も憂鬱《ゆううつ》な気分にならざるをえなかった。「突然のことで、まだ茫然《ぼうぜん》としてる感じでしたよね。破られた本を手もとに置くうち、わたしたちへの猜疑心《さいぎしん》が募りだすかも……」

「なんだか耐えられない」沙友理が身を乗りだし、運転手に告げた。「すみません。行き先を変更してもらっていいですか。ブリュノ警備の白金営業所に」

運転手がきいた。「ブリュノ警備っていうと、港南《こうなん》二丁目の……」

「そうです。お願いします」

李奈は沙友理の横顔を見つめた。「やっぱり合鍵《あいかぎ》ですか」

沙友理が視線を落とした。「四日間のうちに誰かが入りこんだのなら、どう考えたって鍵《かぎ》が気になる……」

白金の高級住宅街から少し離れた、旧海岸《きゅうかいがん》通り沿いのビル街に、ブリュノ警備の営業所はあった。そこだけ広めの駐車場にプレハブの平屋という、宅配センターに似た様相を呈している。

事前になんの連絡もなく、沙友理はタクシーで乗りつけ、プレハブ内に入っていった。李奈も沙友理につづいた。

カウンターの向こうは、雑然とした事務スペースだった。沙友理がカウンター越しに、ホームセキュリティの契約者だと伝えた。

制服姿の二十代の職員が応対した。預けてある鍵をかえしてほしい、沙友理はそううったえた。

「あのう」職員がパソコン画面を眺めながら戸惑いをしめした。「橘さんは現場駆けつけサービスをご契約……」

沙友理がいった。「鍵を預けないプランに変更します」

「そうするとウェブで契約変更の手続きをしていただくことになりますが」

「でも鍵自体はいつでもかえしてもらえるって、約款に書いてありますよね」

「……少々おまちいただけますか」職員がそそくさと席を外した。

李奈は沙友理と顔を見合わせた。なんとなく不穏な空気を感じる。

次いで三十代ぐらいの、上司とおぼしき制服が現れた。さっきとまったく同じやりとりを強いられる。上司の反応も、まるっきり部下の再現でしかなかった。おろおろと落ち着かない態度をしめしたかと思うと、おまちください、そういって奥のドアにひっこんだ。

今度は四十代の登場かと思いきや、頭髪の白いスーツがふたりと、それよりは年下に見える制服がひとりでてきた。三人は揃っておじぎをしてきた。

白髪のスーツのひとり、沼田《ぬまた》なる副所長が詫《わ》びを口にした。「本当に申しわけないのですが、お預かりした合鍵は、橘様のお仕事関係のかたにご返却済みと処理しておりまして……」

「はぁ?」沙友理が沼田を見つめた。「誰ですか?」

「それが、あのう」沼田は着席している職員をうながした。

職員がクリアファイルを開いた。書類にクリップでとめてあった名刺二枚をとりだす。それらがカウンターに置かれた。

沙友理が息を呑《の》んだのがわかる。李奈も愕然《がくぜん》とせざるをえなかった。二枚とも同じ名刺だった。爽籟社、文芸担当とある。榎嶋裕也《ゆうや》。

李奈は沼田副所長に問いかけた。「この人が鍵を受けとったのはいつですか」

「四月の……ええと」沼田がファイルを受けとった。「十三日と記録にあります」

「今年のですか？　でも榎嶋さんという人は、それよりずっと前に……」

「ええ。あのう、訃《ふ》報《ほう》は存じあげております。大変迂《う》闊《かつ》でございました。私どもの落ち度です」

沙友理が表情を険しくした。「故人の名を騙《かた》る人がここに来て、名刺を差しだしただけで、うちの鍵を渡したんですか」

「面目次第もございません……。橘様のご職業はご契約時にうかがっておりましたし、その際に緊急連絡先として爽籟社を……」

「わたしはフリーランスですし、実家に連絡されても困りますから、取引先にしておいたんです。そのときもそう申しあげたはずですが」

「はい。しかしその爽籟社の榎嶋さんと名乗るかたが、ここにおいでになりまして、どうしても早急に鍵が必要だと……。橘様に連絡がつかないので、邸内をたしかめたいとのことでした」

「それで鍵を預けたんですか？　警備の人は同行しなかったんですか」

「緊急連絡先に記載のかたが申しでれば、一時的にお貸しできるとの規約に沿ってしまいまして……。榎嶋さん、いえこの名刺を提出した人が、邸内の確認を終えたらすぐに鍵をかえすとおっしゃって」

沙友理は憤りをあらわにした。「だからってひとりきりで鍵を持たせるなんて非常識でしょう！」

「身内のかたと同じ扱いでして……。サインもいただいています。これです」

ファイルがカウンターに置かれた。書類に〝榎嶋裕也〟の殴り書きがある。極端に崩れた字だった。これでは筆跡鑑定も可能かどうか怪しい。

李奈はきいた。「榎嶋さんを名乗る人に、身分証の提示は求めなかったんですか」

もうひとりの白髪のスーツが、憔悴《しょうすい》しきった顔で応じた。「名刺を二枚だされまして、とにかく急を要するとおっしゃったので……。橘様の仕事内容を知る人は、関係者以外にはおられないだろうと、当時ここで勤務していた者が判断しまして」

名刺二枚。まるでキャバクラの踏み倒しの手口だ。李奈のなかで苛立《いらだ》ちが募った。

「身分証の確認なしに、独断で鍵を貸したことは契約違反ですよね？」

「おっしゃるとおりです。亡くなったと報道されていた榎嶋さんのお名前まで、職員の頭がまわらず……。大変ご迷惑をおかけしてしまいまして」

沙友理が怒鳴った。「いままで黙ってたんですか！」

カウンターの向こうにいる全員が、深々と頭をさげる。ただ平謝り。その反応がすべてを物語っていた。全面的に警備会社側の落ち度だ。

契約者の緊急連絡先の関係者に、鍵を貸与した。事務手続き上はそんな扱いで処理された。そのまま返却はなかった。副所長らの態度から察するに、やがて失態に気づいたものの、どうすべきか手をこまねいているうち、日数ばかりが経過していったのだろう。警備会社の一営業所としては、警察に通報すれば面目を失ってしまう。本社からの叱責も免れない。契約者が有名人のため、へたをすればマスコミに拡散される。

「あのう」沼田副所長は額に汗を滲《にじ》ませていた。「鍵の交換費用につきましては、私どもで負担させていただきたく……」

「当然でしょ」沙友理は吐き捨てた。いっこうに怒りがおさまらないらしい。顔面を紅潮させながら、沙友理はくぐもった声で李奈にきいた。「こんなことってある？」

「『警備会社の闇』ってノンフィクション本に、いろいろ不祥事が載ってます。警備員による空き巣被害が報じられたこともありますし……」李奈はため息とともにささやいた。「櫻木さん。やはり鍵なんて預けちゃだめだったんです」

11

沙友理はその場で鍵交換を約束させた。業者が沙友理の家に直行するという。李奈も沙友理とともに、彼女の自宅に向かわねばならなくなった。

業者に鍵を交換してもらったのち、残る課題はホームセキュリティのシステムに絞られた。

たとえ鍵で解錠できても、玄関ドアをいったん開ければ、猶予は三十秒しかない。急いでドアを閉めても無駄だ。音楽が鳴っているあいだに、キッチンにある操作パネルに暗証番号を打ちこまないと、営業所へ自動通報がなされる。

沼田副所長の話では、自動通報を無視したことは絶対になく、問題の四日間にそのような記録はないとの話だった。李奈もデータを見せてもらった。暗証番号を入力し、セキュリティを解除した記録なら、四日間のうちに何度もあった。しかしそれらは沙友理が外出したのち、忘れ物をとりにいったん戻ったり、帰宅したりしたときの操作と考えられる。三十秒以内の暗証番号入力がなくオンライン通報に至ったことはいちどもない。

とはいえセキュリティ解除が頻繁におこなわれた以上、そのなかにはひょっとしたら、沙友理の留守を狙って侵入した者がいたかもしれない。鍵《かぎ》を持っているうえ、暗証番号を知っていれば、セキュリティは解除できる。食器棚の皿の下に、破りとったページを隠したのち、またセキュリティをオンにし、三十秒以内に玄関をでる。ドアを閉じ外から施錠すれば、沙友理がでかける前と同じ状態になる。

沙友理はラインで小笠原莉子に救いを求めた。ただちに莉子も飛んできた。こんなに早く再会するとは思わなかった。きょうの莉子は子供を連れていない。子煩悩な夫が面倒を見ているという。

李奈と沙友理、莉子は三人でキッチンに立った。壁に操作パネルが埋めこんである。沙友理がテンキーを押した。プッシュホンと同じく、ボタンにより音階が異なる。

室内を見まわしながら李奈はきいた。「防犯カメラはないんですか」

沙友理が首を横に振った。「ホームセキュリティの標準プランに入ってなかったから」

「ネットの通販で買えますよね」

「知ってるけど、外からオンラインでモニターするには、カメラのメーカーを経由するとか」

莉子がうなずいた。「カメラから直接スマホに映像が送られるわけじゃないの。盗撮防止のために」

「でしょ？」沙友理が顔をしかめた。「わたしはそれが嫌だったんです。IDとパスワードさえわかれば、誰かに監視されちゃうかもしれないし」

考えすぎといいたいところだが、警備会社の不祥事を知ったいま、そうともかぎらなかった。李奈は操作パネルに向き直った。「暗証番号は誰にも教えてませんよね？」

「ええ」沙友理が応じた。「絶対にばれない番号にしてる」

「これがミステリ小説だったとして、犯人はどのように暗証番号を知ると思いますか？」

「さあ。わたしミステリとか、そういうふうにジャンルを意識して書かないから……。情熱と妄想を頼りに、思い浮かんだままを文章にしていくだけ。情報面での修正は担当編集さんまかせ」

「さすが天才……。わたしなんかだと、ミステリのトリックは自分でひねりだささなきゃなりません。まず考えられるのは、暗証番号を入力する操作を、窓の外からのぞかれてたって可能性……」

「ないでしょ。見てのとおり、ぜんぶカーテンやブラインドで塞《ふさ》いでるし」

「そうですね。じゃ小型カメラが仕掛けられたとか」李奈は操作パネルを背にし、室内の隅々にまで目を向けた。「角度的に斜めからじゃないと、櫻木さんの身体にテンキーが隠れてしまい、入力状況が見えません。でも観察できそうな範囲には、カメラを隠せる場所がないですね」

「カメラなんかあるわけない。事前に侵入できたとしても、そのときは暗証番号をどうやって解除したの？　絶対に無理」

莉子が否定した。「そうともかぎらない。櫻木さんが帰宅したとき、閉まりかけた玄関ドアに、賊がこっそり滑りこんだら？　キッチンで暗証番号の解除を観察するのは危険だから、いったん家のなかに隠れる。あとで隠しカメラを仕掛け、セキュリティが在宅モードでオンになっていないときを見計らい、玄関から抜けだす」

沙友理が眉《まゆ》をひそめた。「そんなことできます？」

「ええ。こんなに広いお屋敷に櫻木さんひとり。宅内の動作を感知するパッシブセンサーは、留守モードでしか作動しないでしょう？」

李奈はキッチンをうろついてみた。操作パネルのすぐわきに食器棚がある。「櫻木さん。破られたページがあったのはここですか」

「そう。その二段目に積んであるお皿の下」

なら沙友理がテンキー操作をおこなっているとき、こっそり近づくのは不可能だ。あまりにも近すぎる。やはり賊は暗証番号を知ったのち、留守中に侵入したのだろう。けれども隠しカメラはなさそうだ。事前になにかを仕掛けるとして、カメラ以外にどんな方法が考えられるのか。

莉子が身をかがめた。コンセントを見下ろしている。三個口のタコ足プラグが挿してあった。そこに接続されている家電のプラグは一本のみ。莉子は指さした。「これは？」

「……さあ」沙友理が訝《いぶか》しげな表情になった。「入居したときに買ってきた物でしょう」

「プラグが一本しか挿さってないのに、なぜタコ足が必要？」

「なぜといわれても……。おぼえてません。前はほかに家電があったのかも」

この種の備品は家主ですら、由来を忘れてしまっていることが多い。莉子がなにを疑っているのか、李奈にはほぼ察しがついた。莉子がハンカチで手を覆ってから、タコ足プラグを引き抜いた。李奈はそれをのぞきこんだ。〝B〟と記された小さなシールが貼ってある。分解できないようにネジ穴も塞いであった。

莉子がため息まじりにいった。「これ盗聴器」

沙友理が目を丸くした。「と、盗聴器⁉　ほんとに？」

「〝B〟ってシールは399・455メガヘルツ。AとCもそれぞれちがう周波数帯で、三タイプの盗聴器が売られてるの。簡単に分解できないようにもなってる」

李奈は不安とともに声をひそめた。「いま喋《しゃべ》ってることも聴かれちゃうんじゃ……」

「いいえ」莉子は苦笑した。「プラグのかたちをしてるのは、コンセントから電源をとりつづけるため。半永久的に機能しつづけるけど、このタイプは充電池を内蔵してない。コンセントから抜けばだいじょうぶ」

操作パネルのテンキーは、プッシュホンと同様、ボタンごとに音階が変わる。音さえきけば暗証番号がわかる。そのための盗聴器にちがいない。

何者かは玄関の鍵を入手、暗証番号も知ったうえで、つい最近になって侵入した。破りとったページを皿の下に隠す、それだけが目的だった。

ただしこの盗聴器は、操作パネルのすぐ近くのコンセントに挿してあった。沙友理の帰宅時、賊が一緒に忍びこんだところで、これを即座に仕掛けるのは不可能だ。やはりいったん邸内のどこかに隠れ、沙友理がキッチンからいなくなってから仕掛けたのだろうか。いや、もっと確実な方法がある。

李奈はつぶやいた。「二か月ぐらい前に来た清掃業者が怪しくないですか」

莉子が難色をしめした。「あそこは信用できると思うんだけど……」

沙友理がそわそわしながらスマホを操作した。清掃業者の白金クリーンサービスに電話する。莉子も頻繁に利用する業者であり、職員に共通の知り合いがいるという。対応はスムーズのようだった。

また驚くべきことがわかった。業者は沙友理に留守電などいれていない。強めの消毒液を撒《ま》いた事実もなければ、食器類を洗う必要もないという。通話を終え、沙友理が茫然《ぼうぜん》とたたずんだ。

李奈は沙友理にきいた。「留守電のメッセージは？」

「……きいてすぐ消去しちゃった」

莉子が部屋の隅のコードレス受話器に歩み寄った。「これ？」

「そうです」沙友理がいった。「仕事部屋のファックスの子機です」

受話器を手にとり、莉子がボタンを操作した。たちまち浮かない顔になる。「受信記録が非通知しかない……」

　破られたページを見つけさせたのは、清掃業者ではなく謎の人物だった。事前になんらかの方法で盗聴器を仕掛けた。警備会社から鍵《かぎ》も奪っておいた。嶋仲刑事らが本を預かって以降、四日間のうちにふたたび邸内に侵入、破ったページを皿の下に隠した。さらに清掃業者を装って電話をかけ、沙友理に皿をどかさせた。

　ふとなにかを思いついたように、莉子が自分のスマホをとりだした。画面に指を滑らせる。表示をスクロールさせているらしい。

　かなりの時間が過ぎた。やがて莉子が真顔になった。「あった……。これを見て」

　李奈は沙友理とともに画面をのぞきこんだ。真っ黒な背景に白い文字表示の掲示板。去年の十月十六日、午後七時二十三分の書き込みがある。

>>白金七丁目にある英国庭園付きの洋館、櫻木沙友理の自宅
>>清掃のバイトで入った
>マジで？
マジ　ちなバイトは当日雇いの烏合の衆で十人以上いるから
似たようなツナギ着てりゃ清掃中に潜りこみ放題　これ豆な

「これは？」李奈はきいた。

莉子が答えた。「紗崎《ささき》さんっていう探偵さんが教えてくれた、裏仕事の掲示板。振りこめ詐欺の受け子の募集だとか、いかがわしい情報が溢《あふ》れてるの」

「あー、ニュースで観たことあります。有名人宅の住所とか、侵入方法を暴露してるって」

「そう。ひょっとしたらと思ったけど、やっぱり上がってる。櫻木さん。この家は危ないかも……」

李奈は視線をあげた。沙友理が蒼《あお》ざめた顔で、ふらふらと後ずさる。足もとがおぼつかない。たちまち尻餅《しりもち》をつきかけた。莉子があわてて支えた。李奈もとっさに抱きかかえた。

ほぼ脱力状態の沙友理を、ふたりがかりでソファに運んだ。沙友理はソファに身を預けると、放心したように天井を仰いだ。

莉子が声をかけた。「櫻木さん……」

「ごめんなさい」沙友理が蚊の鳴くような声でささやいた。「ひとりにしてほしい……」

「……わかった。でも戸締まりはきちんとしてね。在宅モードのセキュリティもオンにして」

「あんな会社信用なりません」

「わかるけど……。いまはなにもしないよりまし。とにかく注意してね」

沙友理の返事はなかった。莉子が李奈に困惑顔を向けてくる。李奈も弱り果てながら莉子を見かえした。

広い邸内をふたりで玄関へと向かった。靴を履きドアを開けた。昼間だというのにほの暗い。雨が本降りになっていた。

芥川の『羅生門』が描く雨のようだ。踏みだすのを躊躇させる。

李奈が戸惑いをおぼえていると、莉子が自分の傘をさし、入るよう目でうながしてくる。李奈はおじぎをし、莉子に寄り添った。

雨のなか庭の石畳を門に向かう。莉子が鬱屈《うっくつ》とした表情でささやいた。「白金クリーンサービス、わたしも考え直さなきゃ」

歩きながら背後を振りかえる。立派な豪邸が霧のなかに霞《かす》んでいた。汐先島から戻っても、沙友理はいまだ孤独に苦しんでいる。どうすれば心に安らぎをあたえられるだろう。

12

翌朝、李奈は阿佐谷のアパートで、カーテンの隙間から外をのぞいた。空は晴れていた。ただしでかける予定はない。

沙友理が寝こんでしまい、なんの連絡も寄越さない。きょうは放火事件に関する調査をおこなえない。というより警察が妙な動きをとったため、よくわからない状況に突入している。あの破れたページはひょっとして、李奈と沙友理に対し勝手に動くなという、捜査関係者からの警告なのか。

なんにせよ食べていくためには仕事もせねばならない。時間が空いた以上は小説の執筆を再開する。夕方にはコンビニのシフトもある。それまでにどれぐらい書き進められるだろう。

まず朝食を用意する。ご飯に味噌汁《みそしる》、温泉卵。ぜんぶ残り物だった。ダイニングテーブルで食事をとりながら、テレビのニュース番組を眺める。

放火事件から三か月以上が経過しても、まだ新たな報道がある。キャスターがいった。「今年三月、リゼロッテ東京ホテルで発生した放火集団殺人事件で、宴会ホールのテーブルの脚に仕掛けられたとみられる発火装置は、インターネット上でも作り方が公開されている、ごく簡易的な構造と判明しました」

画面が実験映像に切り替わり、専門家の声が説明する。キッチンタイマーからとりだしたプラスとマイナスの銅線を、薄く小さなアルミの板にハンダ付けし、カセットコンロのカートリッジ内に押しこんでおく。工作としてはそれだけだという。タイマーがゼロになると、本来はアラームを鳴らすための通電がスパークを引き起こす。カートリッジ内で火花が散り、勢いよく破裂しながら発火する。

空恐ろしい気分になる。誰にでも製作可能という時点で、安全が極度に脅かされる。こんな報道自体、模倣犯を生まないだろうか。

食事を終え、食器をキッチンの流しに運ぶ。水に浸し、洗剤を噴きかけながら、ぼんやりと小説のつづきを考えた。ところが白金の豪邸とか、ホームセキュリティとか、いまの発火装置とか、現実に触れた物ばかりが頭に浮かんでくる。

想像力が全然働いていない。思考が切り替えられていないのか。いや、これはただ単に凡人の証《あかし》か。

また気持ちが落ちこみだしたとき、ドアをノックする音がした。なぜかインターホンを鳴らさない。激しくドアを叩《たた》く音だけが響き渡る。

無作法ぶりから、なんとなく兄の航輝だと感じた。急ぎ忘れ物をとりに寄ったとか、そんなところだろう。李奈はチェーンもかけず解錠し、ドアを開けた。「朝から近所迷惑……」

思わず絶句した。外に立っていたのは、まったく面識のない男性だった。年齢は四十前後だろうか。サマースーツにネクタイのないワイシャツ、髪の毛はぼさぼさ、ひどく汗だくの顔だった。眼鏡はかけておらず髭《ひげ》もない。目を剝《む》き、李奈を睨《にら》みつけたかと思うと、部屋のなかに押しいってきた。後ろ手にドアを閉じ、ただちに施錠する。

「な」李奈は怯《おび》えて後ずさった。「なんですか。警察を呼びますよ」

そういいながらも、いまは警察など当てにできない、そんな考えが脳裏をよぎる。いや、いくらなんでも警察組織全体が腐敗したわけではないだろう。通報で駆けつける警察官まで信用ならないとは思いたくない。

男性は靴脱ぎ場に立ったまま、必死の形相で声を張った。「まってくれ！　頼むから話をきいてくれ。杉浦李奈さんだな？」

「どなたですか……？」

「僕も同業者だよ。小説家だ。蔦尾《つたお》妙寺《みょうじ》といって、推理作家協会と小説家協会の会員でもある。文藝家協会は推薦人がいなくて、まだ入会してないが……。『通天閣殺人事件』が『このミス』の四十九位に入ったことがある。あとはＳＦで『砂と猿の惑星』」

まったく知らない。李奈は恐怖にうわずった声を響かせた。「なんのご用ですか」

「あなたは出版絡みの事件を解決に導いてくれるんだろ？　ネットニュースに載ってた。警察の捜査にも協力したとか」

まだあの記事が尾を引いているのか。首を横に振り李奈は否定した。「その後、推理作家協会の会報にも声明をだしました。本業は小説家ですし、相談依頼を受け付けてるわけじゃありません」

「そういわないで話だけでもきいてくれないか」

「どうやってここの住所が……？」

「前にＫＡＤＯＫＡＷＡの編集部に売りこみに行ったとき、ゲラの宅配便の配送先を見て、頭に刻みこんだ」

手口はストーカーと同じではないか。李奈はスマホの置いてあるテーブルに駆け寄ろうとした。「やっぱり通報します」

「頼む！」蔦尾は靴を脱ぎ、つかみかからんばかりに接近してきた。「もうあなたしかいないんだ。警察も駄目、弁護士も駄目。っていうか弁護士の無料相談なんて、ほんと人を馬鹿にしてるな。めんどくさそうに門前払いを食らわすだけで……」

チャイムが鳴った。李奈ははっとした。けれども目の前に蔦尾が立ちふさがり、インターホンに近づけない。李奈が困惑していると、ドアを叩く音が響いた。

「警察だ」男の声が呼びかけた。「宗野忠《むねのただし》。ここに入ったのはわかってる。鍵《かぎ》を開けてでてきなさい」

宗野。李奈は動揺した。「蔦尾なんて名前、でたらめじゃ……」

「ペンネームだよ」蔦尾は死にものぐるいにうったえてきた。「著書を持ってくりゃよかった。いや、アマゾンで検索してくれればいい。ノベルスの表紙がでてくる。順位だとか星の数とかは無視してくれないか。正当な評価とはいいがたい」

「とにかくでていってください」李奈はドアに向かおうとした。「鍵を開けますよ」

「まった！　それだけはやめてくれ」蔦尾が李奈の腕にしがみついた。

李奈は思わず悲鳴を発した。ドアの向こうに、にわかに緊張の気配が漂う。

警察官の声が呼びかけた。「この部屋にお住まいのかたですか⁉　ご無事ですか。おい宗野、早まるのはよせ！」

蔦尾はいきなりひざまずき、その場で土下座した。「杉浦さん。お願いだ。警察は信用できない。僕を例の放火集団殺人の犯人とみなしてる」

体内に電流が走る気がした。放火集団殺人。むろんリゼロッテ東京ホテル事件のことだろう。警察は信用できないと蔦尾はいった。たしかにあの事件に関するかぎり、捜査員たちに不信感を抱かざるをえない。

ドアノブを激しくまわす音がする。外にはずいぶん多くの人間がいるようだ。ざわめきがきこえてくる。ドア越しに警察官の声が反響した。「職務執行法の第五、六条に基づき、緊急事態と解釈し、令状なしに突入するぞ。これが最後の警告になる。いますぐドアを開けてでてこい」

李奈はとっさに声を張った。「やめてください！　ドアから離れて！」

いきなり静かになった。いっそう張り詰めた空気が満ちていくのが、ドア越しにも如実に感じとれる。

無線に告げる声も耳に届いた。「至急、至急。手配中の被疑者発見。場所にあっては阿佐谷北七丁目、三好《みよし》アパート。部屋の住民を人質にとり、立て籠《こ》もりのもよう」

蔦尾が顔をあげた。愕然《がくぜん》とつぶやきを漏らす。「人質……。立て籠もり……」

ため息をつき、李奈は蔦尾を見下ろした。「誤解を晴らしたいのなら、いますぐ外にでるべきかと」

「いや……」蔦尾は切実にささやいた。「それはできない」

手配中の被疑者、さっき警察無線はそのように告げた。蔦尾こと宗野は指名手配中の身か。よほどのことがなければ、そこまでの扱いなど受けない、常識ではそう考えられる。

ところが現状は常識が通用しない。あの破られた本はなんだったのか。中央署が鑑識課員にも事情をきいたのなら、とっくに結果を知らせてきているはずだ。いまのところ特に連絡はない。預かった証拠品を、なんの意図か知らないが破損させたうえ、知らぬ存ぜぬを貫こうとしている。しかも櫻木沙友理に罪をなすりつけようとしたではないか。

蔦尾が追われている経緯についても、いまのところ事情がまったくわからない。まずはそれを知ることが先決になる。

李奈は小声でいった。「なにがあったか話してください。できるだけ簡潔に」

「ありがたい！」蔦尾がすがるような目で李奈を仰いだ。「まずききたい。ジョン・グリシャムといえば？」

「え……？　『グレート・ギャツビーを追え』ですか？」

「ちがう。『冤罪法廷』だよ。僕も濡れ衣だ。火をつけてなんかいない。脅迫電話をかけただけなんだよ」

13

一時間が経過した。アパートの外はずいぶん騒々しくなっている。ヘリの爆音も轟《とどろ》いていた。

テレビはまずニュース速報が表示された。放火集団殺人事件の容疑者が都内に立て籠もり、そんなテロップだった。やがて通常番組が中断され、ニュースに切り替わった。

馴染《なじ》みの阿佐谷北七丁目界隈《かいわい》の空撮が中継されている。リポーターの声が興奮ぎみにまくしたてた。「部屋の住民は二十三歳の女性で小説家とのことです。警視庁により指名手配された宗野忠容疑者（41）も、蔦尾妙寺というペンネームの小説家で……」

蔦尾は両手で頭を掻《か》きむしり、部屋のなかをうろつきまわった。「長野の実家にいる母親がきいたら卒倒するよ！　親父も林業をクビになっちまう」

李奈はダイニングテーブルについていた。「落ち着いてください。とりあえず座ったらどうですか」

「きみは名前が挙がってないからまだいい。いや、よくないか。悲劇のヒロインとして小説が売れるチャンスだしな。きみみたいに若い女性の作家には星5つとか付けて、応援のため買い支えにきましたとか正義マンぶるおっさんが、かならず数人は現れる」

うんざりしながら李奈はいった。「過去に何度か報道でわたしの名がでましたけど、アマゾンの〝本〟カテゴリの順位は、よくて三千位台でした。とにかく座ってください」

蔦尾は狼狽《ろうばい》をあらわにしていた。前髪が汗で額に張りついている。そわそわしたまま向かいの椅子に腰かけた。「どうしたらいいんだ。ここに来ちゃまずかったのか。でも警察に連行されたら即逮捕だ。小説なら急展開すぎると評されるところが、現実の警察は平気でガンガンくる」

「どうか冷静に」李奈はささやいた。「だいたいなんで脅迫電話をかけたりしたんですか」

「中止にさせたかった」蔦尾が情けない顔を向けてきた。「期末テストを受けたくないばかりに、学校に爆弾を仕掛けたとか、ネットの掲示板に書く中学生がいるだろ。それと変わりゃしない」

インターホンのチャイムが鳴った。ノックの音も響いてくる。当初ほど高圧的な態度をしめさないのは、人質がいるとわかったからだろう。警察官の声が厳かに告げてくる。「宗野さん。なにか要求だとか、望んでいることはあるのか。話があればきく」

蔦尾がひとりごとのようにつぶやいた。「文字どおり白紙に戻したいよ。うまくいかないとわかった原稿の文書ファイルを、ごみ箱に移動させるみたいに」

李奈は静かに切りだした。「小説家協会の懇親会を中止させる目的で、火を放ってやるって電話を、匿名でホテルにかけた。さっきそうおっしゃいましたよね」

「ああ。当日の朝にね。向こうに録音が残ってたらしい。つくづく馬鹿なことをした」

「中止にさせたかった理由は?」

「懇親会に行ったらその場で運営委員にされる。尊敬する貞藤功さんが理事会に、僕を運営委員として推薦したからだ」

「名誉なこと……じゃないんですか?」

「とんでもない! 小説家協会の運営委員は多忙きわまる雑務係だ。自治会の役員並みにめんどくさい。会報の作成や送付、会員への連絡告知、会計。無償で働かされるうえ無期限。代わりが見つからなきゃ永遠に働かされる」

「そんなに嫌なんですか？」

「きみが代わってくれるというのなら、喜んでその座を譲る。やってみればわかるが恐ろしく煩雑だ。本来の自分の仕事に、まるで手がつけられなくなるほどでね。しかも協会は業界の関係者揃いだから、けっして疎かにできない。悪くすれば仕事を干される」

「都市伝説ってことは……？」

「いいや！　友人の作家がふたりも心身に異常をきたした。睡眠時間を削って運営委員の業務に勤《いそ》しんだことが、とてつもないストレスになった。賛助会員に大手出版社が名を連ねてるから、評判も落とせない」

「少しぐらい手を抜いたからって、評判が落ちたりするでしょうか」

「きみはわかってないな。作家先生は案外、人の悪口が好きなんだよ。性悪主婦の井戸端会議並みに」

すべての小説家がそうとは思えないが、部外者の緒林桔平を懇親会で吊《つる》し上げた人たちがいる。蔦尾の発言も根拠がないわけではないのだろう。

貞藤功という作家の名は、藤森も口にしていた。『騎虎と虚無』の直木賞作家で、藤森は二十年来のつきあいだという。小説家をめざす緒林に、向いていないからやめなさい、貞藤はそう忠告した。有希恵も貞藤について、厳しい性格ながら常識人とみなしていたようだ。

李奈は蔦尾にきいた。「貞藤功さんがあなたを運営委員に推薦したのは、べつに意地悪をしたかったわけじゃないんでしょう?」

「当然だよ。貞藤さんには可愛がってもらった。弟子というほどじゃないが、小説の書き方から出版界の仕来《しきた》りまで、いろいろ教わったからね。亡くなられて残念で仕方がない。厳しいけど立派なかただった。運営委員への推薦も、僕のステップアップを願ってのことだ」

「すみません。よく知らないんですが、運営委員を務めると、どんなステップアップにつながるんですか?」

「そこは確約されたことじゃないから、まあ慣例というべきかな。運営委員になれば、理事会や賛助会員らに存在感をしめせる。すると日本小説家協会賞の候補になりやすくなる。もちろん建前上は小説の出来で選ばれるわけだから、堂々と公言はされてないが」

「あなたは懇親会を中止させようとした……。貞藤さんの好意を迷惑に思ってたわけですか？」

「そうはっきりいわれると弱いな。日本小説家協会賞の候補といっても、なれる可能性があるというだけだし、選出されるまで何年かかるかわからない。そのあいだ運営委員の雑務に忙殺されるとなると、ひどく気が重かった。でも貞藤さんにはお世話になってるし、断ったり欠席したりというわけにはいかない」

「それで切羽詰まって脅迫電話ですか……」

「反省してる」蔦尾がしょぼくれていった。「まさか本当にあんな大惨事が起きるなんて。貞藤さんにかぎらず、文学史上名だたる方々と永遠の別離が来ようとは、想像もつかなかった」

「でも欠席したおかげで、あなたは犠牲にならずに済んだ」李奈は思わずため息を漏らした。「その点にかぎっていえば、わたしも同じ立場です」

「わかってくれるか？」蔦尾が食いいるように見つめてきた。

「いえ」李奈は首を横に振った。「脅迫電話までかけようとは思いませんから……」

またドアをノックする音が響いた。さっきよりは激しくなった。警察官の声が呼びかける。「人質だけでも解放しなさい」

蔦尾が苦々しげにこぼした。「無茶をいってくれる。人質がいなくなれば突入か射殺だろう」

李奈は蔦尾にたずねた。「緒林さんという人をご存じですか」

「誰だって?」

「緒林桔平さん。小説家志望で、過去にも何度か懇親会に現れたようです」

「知らないな。僕は懇親会をずっと欠席してきたから」

「……貞藤功さんを尊敬しておられるのに、運営委員に推薦される以前から、懇親会にでなかったんですか?」

「推薦されだしたのは、もうかなり前のことなんだよ。なりたい人なんていないから、何年も前から、今度こそは出席しろといわれてた」

「なら今回にかぎって、脅迫電話をかけてまで出席を拒もうとした理由は?」

「仕方なかったんだよ。貞藤さんとは別に、同世代の友人の重澤巌《しげさわいわお》が、韓国の映画プロデューサーと会うからって……」

鈍い感触が生じた。李奈は蔦尾を見つめた。「韓国の映画プロデューサー?」

「重澤が十年近く前に書いた『プレアデスの墓標』が、いまごろになって韓国で映画化の運びになってね。プロデューサーが来日して、懇親会に姿を見せるから、そのとき初顔合わせになるといった。僕にもどうしても立ち会ってほしいというんだよ。苦楽をともにした仲だから」

「……本心ではそこに立ち会いたくなかったとか？」

「ああ……。そうだよ。電話ではおめでとうと伝えたが、じつは嫉妬《しっと》の炎がめらめらと燃えあがった。なんといっても監督がアカデミー賞を受賞した人で……」

「まちがいなく重澤さんの小説の映画化だったんですか？　藤森智明さんではなくて？」

「藤森さん？　さあ。名前はもちろん知ってるけど、僕は藤森さんと面識がない。交遊関係が広い人で、貞藤さんとは仲がよかったみたいだし、重澤も新年会に行ったことがあると話してたな。藤森さんにも韓国映画化の話が？」

「ええ。長く検討されてたのが、最近になって本決まりになったみたいです。それも同じ監督のようです」

「へえ……。奇妙だな」蔦尾は眉《まゆ》をひそめた。「でも重澤はちゃんとプロデューサーから手紙を受けとったらしいよ。懇親会にも持っていくといってた」

それが本当だったとしても、手紙は灰になってしまっただろう。陰鬱《いんうつ》な気分が頭をもたげてくる。李奈はささやいた。「重澤さんもお亡くなりに……」

蔦尾が辛《つら》そうな顔でうなずいた。「悲劇ばかりだった。重澤も運営委員になりたくなかったクチで、僕とともに毎回欠席してたんだが……。韓国映画化の朗報が悲劇につながっちまった」

小説家以外の犠牲者も、一部はイニシャルだが、全員の名が報じられている。賛助会員を中心とする出版社社員。評論家などの出版関係者。ホテルの従業員。銀座のホステス。だが韓国の映画プロデューサーの死など確認されていただろうか。

李奈は思わず唸《うな》った。「その映画プロデューサーは、懇親会に招かれてたんでしょうか。それとも懇親会当日、重澤さんがホテルを訪ねるのを機に、ロビーやラウンジで会う約束だったとか？」

「詳しいことはわからない。懇親会には当日、友人や知人も受付で参加費一万円を払えば、入場を許されるだろ？　どっかの版元なり、日本の映画会社の偉いさんなりが、その人物を連れてきたかもしれない」

「重澤さんに送られてきた手紙ですが……。日本語だったんですか？」

「そういってた。日本の会社を仲介したのではなく、韓国の映画会社からダイレクトに送られてきた手紙だって」

「なぜ出版社じゃなく、重澤さん宛てに送られてきたんでしょう？」

「『プレアデスの墓標』は徳間書店で単行本がでて、文庫化も徳間だった。でもあまり売れなかったから、四年ぐらい前に契約を切ったらしい。長く作家をやってりゃ誰でも数作はある。契約切れの不良債権みたいな作品が」

「二次文庫をだしてくれる版元を探さなかったんでしょうか」

「探したけど見つからなかったらしい。自分で電子書籍にしようかといってた」

「あー。KDPとか?」

「そう。キンドル・ダイレクト・パブリッシングの独占配信にすれば、印税七十パーセントだろ。原稿のデータさえあれば、それをアマゾンにアップして、電子書籍として販売できる。元手もかからない。出版社抜きでウハウハだ」

本気でそう思っているわけではないだろう。李奈は醒《さ》めた気分でつぶやいた。「最高ですね」

「いや」蔦尾が真顔になった。「そんなに素晴らしけりゃ僕がやってるよ。きみもだろ」

「たしかに。電子書籍だけでは、あまり売れないとききました」

「ハウツー本や漫画ならヒット作がでてるみたいだが、小説は難しいらしい。やっぱり紙の本が流通して、それなりの宣伝があって、ようやく電子書籍も動くってことだよな。重澤も二の足を踏んでたところに、韓国での映画化だなんて、願ってもないビッグニュースが転がりこんできた」

どうも腑《ふ》に落ちない。重澤巌と藤森智明。いずれもひさしぶりに懇親会に出席したふたりになる。双方に韓国映画化が持ちかけられていた。しかも同じ映画監督。信じがたい話だった。本当に映画化など進行しているのだろうか。

いきなりドアが乱暴に叩《たた》かれた。耳に覚えのある男の声が怒鳴った。「宗野忠！　捜査一課の徳平だ。ドアを開けるぞ！」

「来た」蔦尾がすくみあがった。「もう駄目だ。逮捕される」

錠が外れる音がきこえ、ドアノブが回りだした。大家が合鍵《あいかぎ》を提供したのだろう。わずかに開いたドアの隙間で、チェーン一本が張りきった。警察は予想済みだったらしい。巨大なニッパーが差しこまれた。ボルトクリッパーだった。細いチェーンぐらい簡単に切断されてしまう。

蔦尾があわてたようすで腰を浮かせた。李奈の背後に退避してくる。しかし身を屈《かが》めて隠れたところで、たいして意味はない。どうすべきかと蔦尾がまごつくうち、チェーンが甲高い音とともに断たれた。ドアが弾《はじ》けるように開いた。

警視庁捜査一課の徳平、その上司の江郷。ほかにも私服と制服の警察官らがひしめきあう。一同は靴脱ぎ場になだれこんできたが、こちらを見たとたん、緊張をあらわに静止した。

椅子に腰かけた李奈は、ドアのほうを向いている。蔦尾は椅子の背の後ろに立っていた。いかにも人質を盾にする籠城《ろうじょう》犯のポジションにちがいない。

江郷刑事が険しい顔でいった。「宗野。両手を見えるところにだせ」

李奈はわずかに後ろを振りかえり、蔦尾に小声で告げた。「両手を見せたとたん逮捕されます」

片手だけでも椅子の背にあれば、李奈の背中に刃物を突きつけている、そんな可能性が否定しきれない。蔦尾は状況を理解したらしい。右手を椅子の背に添えたまま、前屈姿勢を保っている。

徳平刑事が声をかけてきた。「杉浦さん。ご無事ですか」

中央署の嶋仲と篠井にくらべれば、警視庁捜査一課のふたりは、まだ信用できるかもしれない。しかし捜査員全員がグルになっていないともかぎらない。

李奈は刑事たちにきいた。「なぜこの人が指名手配されてるんですか」

江郷刑事が応じた。「放火集団殺人の被疑者です」

「脅迫電話をかけたからですか」

「当日のアリバイがありません」

蔦尾が悲痛な声でうったえた。「いったろ。僕は小説を執筆中だった」

徳平刑事が首を横に振った。「自宅にいなかった」

「都内にワンルームを借りてるんだよ！　家族のある作家は、仕事専用の部屋を持ってる。集中するために必要なんだ。賃貸料も経費として節税になる。スマホで当日の位置情報を確認してくれ」

「スマホは部屋に置いていける。三月十日は一日じゅう、部屋のLAN回線からインターネットに接続した形跡がない。パソコンのログも調べたが、電源すらいれていなかった。文書をいっさい作成してない」

「それは、あのう……」

「いまどき原稿用紙で書いてるなんてほざくつもりじゃないだろうな。出版社の担当編集者にも確認をとった。きみは執筆にパソコンを使うはずだ」

「アイディアを練ってる段階だったんだ！　構想中も作家にとっては重要な仕事時間だ」

徳平刑事は一枚の紙をとりだした。「読みあげるぞ。〝小説の構想を考えるときにも、パソコンの前を離れません。ネットでいろいろ検索するうちアイディアが絞られてきますし、思い浮かんだことはすぐ文書ファイルにメモしておきます〟」

李奈はたずねた。「誰の言葉ですか」

背後で蔦尾の声が絶望に震えだした。「僕のだ……。二年前に『小説現代』のインタビューで答えた」

江郷刑事が語気を強めた。「当日朝に脅迫電話をかけた事実。犯行当時のアリバイなし。懇親会欠席の経緯についての説明にも、不審な点が目につく」

「不審だって？」蔦尾がうわずった声できいた。「なんの話だよ」

「友人の重澤巌氏が韓国映画プロデューサーと会うことを知り、立ち会いを約束したものの、嫉妬《しっと》心から行かないことをきめた。きみはそういったな。重澤氏の周辺事情を調べたが、映画化の話などどこにもない」

李奈は思わず振りかえった。蔦尾が驚愕《きょうがく》のいろを浮かべている。

「そんな」蔦尾が嘆いた。「たしかに重澤からきいたんだ。手紙をもらったといってた」

徳平刑事が一喝した。「見苦しいぞ！　身に覚えがないというなら、なぜ警察が訪ねたとたん逃亡した？」

「あんたたちが僕を犯人ときめつけてたからだ！　事情をきくといいながら、もう逮捕する気満々だったじゃないか。しかも指名手配だなんてひどすぎる」

「現にこうして人質をとり籠城してるじゃないか」

人質をとってはいない、蔦尾がそのように事実を明かせば、刑事らは踏みこんでくるだろう。いま蔦尾は八方塞《はっぽうふさ》がりだった。右手を椅子の背にかけ、かろうじて抑止力を働かせるだけでしかない。

李奈はひとつの可能性を感じとった。「蔦尾さん。女性の名をどうぞ」

「な……」蔦尾が絶句した。「なに?」

「女性の名です。仕事部屋として借りてるワンルーム、どなたかを連れこんでいましたよね?」

刑事たちにざわっとした反応が生じる。江郷刑事が訝《いぶか》しげな目で見つめる。「宗野。本当か」

「知らない」蔦尾は激しく首を横に振った。「僕は仕事してた。それだけだ」

李奈は冷静にきいた。「いいんですか、蔦尾さん。アリバイを立証できないのがネックなんですよ。実際に執筆をしていなかった以上、あなたの証言は嘘とみなされるでしょう」

「だけど……きみ。なんでそんなことを……」

「ワンルームといってもデスクのほかに、仮眠用と称するベッドと、ユニットバスはありますよね。ラブホの宿泊費は経費にならないから、仕事部屋としてワンルームを借りて申告。夜間は隣に音が響くし、家に帰る必要もあるので夕方に利用。男性の作家さんにはありがちな話です」

「しょ」蔦尾がたどたどしく問いただしてきた。「証拠はないんだろ？」

「浮気相手への報酬は振り込みにし、資料集めとかデザイナーとか、フリーランスへの支払いの経費にしてませんか。警察にはばれますよ」

蔦尾の極度にひきつった表情筋が、すべて指摘のとおりだと物語っている。李奈はやれやれと腰を浮かせた。蔦尾の手に凶器がないことが、警察の目にもあきらかになった。蔦尾は茫然《ぼうぜん》と立ち尽くしている。

警察は踏みこもうとせず、ただ呆気《あっけ》にとられたように蔦尾を眺めた。江郷刑事の眉《み》間《けん》に深い縦皺《たてじわ》が刻まれた。「宗野。事実か？」

観念した声の響きで、蔦尾が警察にうったえた。「妻にはいわないでほしいんですが」

「まったく」江郷刑事が靴を脱ぎ、部屋にあがってきた。「手間をかけさせるな。いったん署に行くぞ」

徳平刑事も憤然と江郷に同調した。ふたりで蔦尾を両側から挟み、腕をつかんで連行する。手錠や腰縄はなかった。女の証言がとれしだい、おそらくアリバイが成立する。刑事たちもその気配を感じとったのだろう。

部屋から連れだされる寸前、蔦尾が振りかえった。「構想を練るのを手伝ってもらった……じゃ通らないか？」

李奈は首を横に振った。「正直におっしゃったほうが」

蔦尾の表情が一時停止のように凍りつく。うんざり顔の刑事たちが背を押し、蔦尾を外へといざなった。去りぎわに江郷刑事が李奈に会釈していく。あきらかに面白くなさそうだった。

開放されたドアの外に詰めかけていた、私服と制服の群れが、ひとりふたりと退散していった。にわかに混雑が緩和されだした。ところがスーツが二名だけその場に居残っている。中央署の嶋仲と篠井だった。いずれも射るような視線を室内に向けてくる。李奈と目が合った。また緊張が漂いだした。

そのとき刑事たちの手前に、別の人影が飛びこんできた。兄の航輝が息を切らしながら現れた。「李奈！」

「あ……お兄ちゃん」

靴を脱ぐのも煩わしげに、航輝が部屋にあがってくる。急ぎ李奈に駆け寄り、航輝がたずねた。「だいじょうぶなのか？」

　次いで優佳がドアから入ってきた。二十代半ばの曽埜田璋に、KADOKAWAの菊池もつづく。みな気遣わしげに李奈を囲んだ。曽埜田が深くため息をついた。「無事でよかった。駆けつけたけど周りは黒山の人だかりで、ここには全然近づけなくて」

「杉浦さん！」女性の声が飛んだ。さらにドアを入ってきたのは、なんと小笠原莉子だった。猫のように大きな目を見開きながら問いかけてくる。「怪我はない？」

　野球帽を深々とかぶった、痩身《そうしん》の女性も同行していた。帽子を取り払うや、長い黒髪が解放される。櫻木沙友理が目の前に立った。安堵《あんど》のいろとともに沙友理がきいた。「いまの人が犯人？」

　驚きと戸惑いが同時にひろがる。李奈は沙友理に答えた。「いえ……。櫻木さん、お身体のぐあいは？」

「だいじょうぶ、薬が効いてるし……。わたしの心配より、もっと自分をたいせつにしなきゃ」

「ごめんなさい。みなさんもありがとう……。こんなボロアパートにわざわざ」

　優佳と曽埜田が目を丸くしている。櫻木沙友理の存在を知ったからだ。優佳が顔を輝かせ、沙友理に挨拶《あいさつ》した。「櫻木さん！　お久しぶりです。汐先島以来ですね」

　菊池は別の再会に驚きをしめしていた。「凜田莉子先生⁉　いや、いまは小笠原先生ですか。以前は角川文庫がお世話になりました。ここでお目にかかるとは」

「その節はどうも」莉子は菊池に会釈したのち、いたずらっぽいまなざしを李奈に向けてきた。「別人の叙述トリックじゃないって、わかってもらえた？」

　李奈も苦笑した。「『万能鑑定士Qの事件簿 Ⅳ』ですか？　いえ、疑ってもいませんよ。でもあれ実録物だったんですね」

　この場こそ懇親会のように和やかな様相を呈する。笑いあいながら、李奈は開放されたままのドアに目を向けた。不審の渦がじわりと胸にひろがる。刑事たちの姿は消えていた。

14

　李奈はKADOKAWA富士見ビルの書籍編集部を訪ねていた。事務机が無数にひしめきあう、広く雑然としたフロアの一角で、応接用テーブルを前に座った。

　菊池がメールのプリントアウトの束を手にし、向かいのソファに戻ってきた。「杉浦さんの指摘どおりかもな。被害者の作家たちが生前、韓国映画化について話してなかったか、各社の編集者仲間にきいた。そしたら……」

テーブルに紙の束が置かれる。いちばん上に印字されたメールが目に入った。

集英社の伊豆谷《いずや》です。

おっしゃるとおり、事件で亡くなった直木賞作家の舘本鉱滓《たてもとこうさい》先生が、今年の頭ぐらいに韓国から映画化のオファーがあったと、飲み会で触れておられました。どの作品かはわからないのですが、出版社との契約が切れた昔の本なので、映画化契約は個人で結ぶことになりそうだとおっしゃっていました。

契約段階ではまだ映画化が確定したわけでもないので、正直よくある話だと思い、深く尋ねませんでした。しかし本場アメリカのアカデミー賞で、作品賞を受賞した韓国人監督が手がけるとおっしゃるので、そこだけは正直眉唾《まゆつば》ものだなと感じたことをおぼえています。

舘本先生は、ここだけの話にしてくれとおっしゃっていました。どうやら先方から他言無用と釘《くぎ》を刺されていたようですが、お好きなブランデーでほろ酔いだったこともあり、思わず口にしてしまったようです。もっとも、たくさんあった雑談のうちのひとつですから、菊池さんからメールをいただくまで完全に忘れていました。

菊池がいった。「十通のメールに十人の小説家のケースが書かれてるわけじゃないんだ。口の軽い小説家は、多くの編集者に語ってるから、証言もダブってってな。それでも二十人前後の作家が、韓国映画化のオファーを受けとったといってたのは事実のようだ」

李奈はメールの文面に次々と目を通していった。「オファーは本当にあったんでしょうか」

「いや。うちは映画会社も兼ねてるから、いま担当部署に詳細をたしかめてもらってるが、そんな話はなさそうだ。藤森さん以外は」

「藤森さんの『火樹銀花』の映画化だけは、実際に進行してるわけですか」

「そこだけきくと奇異に思えるかもしれないが、韓国にかぎらなければ、事件で亡くなった小説家たちの映画化やドラマ化は、片っ端から成立の見込みになってる。貞藤功の『騎虎と虚無』なんて、ハリウッドで映画化だってよ。それもワーナー製作で、かなりの大作だとか」

以前耳にしたように、被害者となった小説家らはみな、皮肉にも事件を機に、ふたたび注目を集めることとなった。国民栄誉賞候補に名が挙がり、追悼コーナーで著書が売れ、映像化も次々と実現している。生存した藤森智明の作品の韓国映画化も、それらと同じ状況のひとつにすぎない。事件で生き残ったから、映像化ビジネスが進んだというわけではなく、あくまで偶然でしかない。むしろ亡くなった作家のほうが、映像化が優先的に決定する傾向があるようだ。

問題はその藤森智明と共通する内容の偽オファーを、ほかの複数の作家が受けていた、そこに尽きる。李奈はメールに挙がっている作家の名を確認した。「貞藤功さんはハリウッド映画化の話以外に、韓国から別の著書の映画化を……偽のオファーを打診されてたんですね。ハリウッドは本当だけど韓国のほうは事実じゃなかった。ほかにも勝居冬至さん、弓家真裕美さん。藤森さんが旧友とおっしゃってた方々が含まれてます」

菊池がスマホをいじりだした。「協会理事だった井茂泉州さんが、以前に藤森さん宅の新年会で集まった面々について、ブログにあげてたな。ええと、どこだったかな。……ああ、これだ」

李奈は身を乗りだし、スマホの画面をのぞいた。日付は三年前の正月だった。

藤森智明さんのご厚意に甘え、今年もご自宅を訪問させていただいた。新年にふさわしく錚々《そうそう》たる顔ぶれが集まった。貞藤功さん、沖住涼真さん、香東美月さん、勝居冬至さん、弓家真裕美さん、幾代千隼《いくよちはや》さん、辻見賢剛《つじみけんごう》さん……

メールの束と見比べてみる。新年会の集まりと重なる名が目につく。むろん新年会とメール、どちらか片方にだけ名が挙がっている作家も多くいる。しかし互いに交遊関係のあった作家らに、同じ韓国映像化の偽オファーがばら撒《ま》かれたのは、いったいなぜだろう。

李奈は菊池を見つめた。「なんらかのまちがいだった可能性は？　藤森さんは自分に韓国映画化のオファーがあったことを報告すべく、旧友たちに手紙をだしたのに、それらが誤解されたとか」

菊池が首を横に振った。「藤森さんはそもそも、ご自身に韓国映画化のオファーがあること自体、知りもしなかった。実際、韓国の映画会社からの打診はまだだった」

「あー。そうでしたね……」

「出版社各社が合同で、藤森さんの本の再契約をお願いしたが、もう引退したからとあっさり断られてしまってね。そのとき初めて韓国映画化についてきかれ、寝耳に水だとおっしゃった。しかもそっちも契約しないと断言なさった」

藤森がなんらかの犯行に関わっているのではと臆測《おくそく》を立ててみても、まったくその可能性がない。偶然生存しただけの藤森の潔白はあきらかだった。一方で藤森を疑わせようとする第三者の意思を感じる。

韓国映画化オファーの手紙を、藤森と交遊のあった作家たちに送りつけておくことで、なんとなく藤森を怪しい存在に仕立てられる。ところが藤森が生存してしまったため、犯人の計画が崩れたとも考えられる。まだ曖昧《あいまい》にしか想像できないが、その線で突き詰めてみるべきか。あるいはほかになにか理由があるとすれば……。

李奈はいった。「ごく単純に発想すれば、偽オファーは作家を懇親会におびきだすための罠《わな》だったとか……」

菊池が納得いかない顔になった。「海のものとも山のものともつかない韓国プロデューサーに会えるからって、ベテラン小説家のみなさんがこぞって懇親会に出席するか？　堂井怜央《どういれお》さんみたいに、映像化を絶対受けないと表明してる作家まで、当日出席してる。結果として犠牲になってしまった」

「ですよね……。堂井さんは一匹狼で知られてる小説家だったし、この三年前の新年会にも名前がない」

「もともと小説家は友達が少ない。犠牲者の大半は、せいぜい二、三人と知り合いだったぐらいじゃないか？」

「たしかにそうですね。わたしもそうだし……」

「とはいえ」菊池が醒《さ》めた表情に転じた。「小説家は概して映像化に気のないふりをするが、本当は切望してたりする」

「堂井さんがですか？」

「いや。あの人は根っからの映画嫌いだよ。僕がいってるのは、ごく一般的な作家についてだ。たとえば鈴鴨遥馬《すずがもはるま》さんだとか」

存命の小説家の名だ。鈴鴨は懇親会に出席していない。『瓜の蔓に茄子は生らぬ』で芥川《あくたがわ》賞受賞。著書の二次使用は断固として断る、ふだんからそう豪語しているはずだった。李奈はきいた。「鈴鴨さんも映像化を嫌っておられますよね？」

「じつはちがう。以前に映画化の話があったとき、鈴鴨さんはわざわざ打ち合わせ場所に近いホテルに宿泊した。直前まで休んでおいて英気を養い、満を持して話し合いに臨んだりした」

直接の面識はないが、テレビで見かけた鈴鴨遥馬の顔が思い浮かぶ。頑固一徹、文芸ひと筋という態度の重鎮だった。李奈は当惑とともにきいた。「あの鈴鴨さんが、そんなに映画化に期待を……?」

「ああいう作家は多いよ。映画化作品の完成後、原作者が試写室で激怒したというエピソードも、本心には映画に期待してたからだろう。きみも同じ立場になったらそうなるかもな」

「わたしには映像化なんて夢のまた夢です……」

菊池はメールの束を指さした。「これらを読んでも、作家たちはみな一律に、オファーがあったことを他言しないよう指示されてたらしい。なのに漏らしちまった例がこんなにある。実際にはもっと大勢の作家が手紙を受けとってるんだろうな」

「発覚したのは一部にすぎなくて、じつは偽手紙が小説家に片っ端から送りつけられてるとか? わたしのもとには来てませんけど。優佳や曽埜田さんにも……」

「手紙の指示を守って、友達にも明かさないようにしてるんじゃないのか」

「そんな人たちじゃないですよ」

ふとひとつの可能性が頭をかすめる。つながりのある小説家たちを分断させる、そんな目的だったとしたらどうだろう。

もしそれが狙いだったのなら、一定の成果を挙げたともいえる。かねて交遊関係のあった面々が、ビジネス上の秘めごとを有するがゆえ、互いに距離を置かざるをえなくなる。仲違《なかたが》いというほどの対立までには発展せず、自然に疎遠になるていどの距離感が生じる。そのためなら今回の偽オファーは、かなり的確な手段だったかもしれない。

得体の知れない第三者がなぜ、小説家たちの関係を希薄にさせねばならなかったのか。放火集団殺人とつながりはあるのだろうか。

李奈はメールの束に目を戻した。「これらの証言をくださったみなさんに、直接会ってお話をきくことはできないでしょうか」

菊池が渋い顔になった。「知ってるかもしれないが、業界では事件のことを話すのはタブーになってる。それこそ疑心暗鬼が蔓延《まんえん》して、ビジネスに支障をきたしかねないからな。これらのメールも、僕が個人的に知り合いに問いかけたにすぎない」

「じゃ深く質問するのは無理ですか」

「ひとり例外がいる」菊池が手を伸ばしてきた。李奈から紙の束を受けとり、次々とめくっていく。そのうち一枚をしめした。「これだ。野辺《のべ》奏太《そうた》さん。新潮社の編集者だったんだが、作家や他社の編集者と交遊関係が広くてね。今回の事件の被害者にも知り合いが多かった。そのためショックで退社。いまは再就職せず家にいるから、いつでも会えるよ」

野辺という元編集者は、貞藤功が韓国からの映画化オファーを受けていると又聞きした。メールでそんなふうに報告していた。文章はごく短く、返信にもあまり気乗りしなかったように思える。李奈はささやいた。「ショックを受けて療養中かもしれないのに、事件について話題にできるでしょうか」

「だいじょうぶだよ。このメールのあとも電話で話した。きみが会うつもりなら連絡をいれておくよ」

「お願いします」李奈は頭をさげた。

警察は捜査に全力を挙げている、きょうそんな報道があった。蔦尾妙寺の指名手配が性急すぎたとの批判があり、名誉回復に必死なのだろう。

懇親会にいた緒林桔平について、彼の作とおぼしきネット小説の存在など、警察に情報提供すべきだろうか。中央署の嶋仲と篠井ではなく、警視庁の江郷と徳平なら、あるいは問題ないのではと思える。蔦尾による立て籠《こ》もりについて、いちおう取り調べを受けたとき、李奈は何度も発言を迷った。

それでもまだためらいが生じる。警察を信用できない。

「杉浦さん」菊池がきいてきた。「ほかになにか？」

「ああ……。はい。提出した新作のプロットですけど」

「検討中だよ。でもそうだな、杉浦さんはせっかく櫻木沙友理さんとお友達になったんだし……。杉浦さんの本の帯に、櫻木さんの推薦文を頼めたら幸い……」

岩崎翔吾事件の記憶が脳裏をよぎる。李奈は首を横に振り立ちあがった。「櫻木さんの推薦文がなきゃ発売できないレベルなら、もういちどプロットを練り直します。ではきょうはこれで」

15

櫻木沙友理はうつ病で疲れやすく、無理はさせられない。よって李奈はきょうもひとりで行動する。菊池から紹介を受けた元編集者のもとへ出向く。

当初は沙友理から、一緒に放火集団殺人の真相を突きとめたい、そう持ちかけられた。なのに結局いまはひとり、しかも平日なのに仕事そっちのけ。お人よしがすぎるだろうか。いや、文芸界に交錯する疑心暗鬼を、このまま放置することはできない。微力であっても、少しでも謎の解明に貢献したい。

今年春まで新潮社の編集者だった野辺奏太は、千葉県印西《いんざい》市に住んでいる。李奈は今朝、阿佐ケ谷《あさがや》駅から総武《そうぶ》線で浅草橋《あさくさばし》駅まで行き、北総《ほくそう》線に乗りいれる浅草線の各駅停車に乗った。

　難なく着席できたものの、一時間近く電車に揺られることになる。読みかけだった水村《みずむら》美《み》苗《なえ》の『続明暗』のつづきが気になるが、いまは新たな情報を得たい。

　スマホでの検索は、毎晩のようにおこなっても、なかなか終わらなかった。次から次へと関係者に関する記述が新たに見つかる。

　いまも新柴《しんしば》又《また》駅をでたあたりで、掲示板のスレッドの一部が検索にひっかかった。発言者はすべてデフォルトで〝匿名〟の表記だが、それぞれ別人の投稿のようだ。日付は去年の九月二十一日だった。

412　匿名　9/21　21:16
藤森智明って作家、儲かってるのかな

418　匿名　9/21　21:37
忘れられた作家だろ

422　匿名　9/21　21:44
大々的な映画化があるってきいたよ

431　匿名　9/21　22:12
>422
マジで？　くわしく
番号をクリックすればメール送れるから

この掲示板ではメールアドレスを入力しておくと、番号がクリック可能になり、発信者にメールを送れる。ただし431をクリックしてみたものの、なんの反応も起きない。メアドはすでに消されたようだ。削除以前に422の発言者から、メールが届いたかどうかもさだかでない。

422のいう〝映画化〟が、韓国からの映画化オファーを指すかどうかも、きわめて曖昧《あいまい》だった。去年の九月ということは、まだ検討中にすぎない段階だろう。題名の『火樹銀花』も、スレ内に挙げられていない。たんなるガセの可能性は否定できない。

ほかの作家についても検索してみたところ、いずれもここ数年のうちに一回以上、映画化やドラマ化の噂があがっていることがわかった。いずれも韓国とは別の話だ。大半は実現したという話をきかない。愛読者の願望も手伝って、妄想がまことしやかに書きこまれるのが常なのかもしれない。

ほかにたいした発見もないまま、電車は新鎌ヶ谷《しんかまがや》駅に着き、また発車した。あと五駅か。窓の外に千葉県のマスコットキャラ、チーバくんの看板を見かけた。本物のチーバくんは、千葉県の形をした赤い身体だが、緒林桔平はイエロー・チーバくんを名乗った。

ふと思いつき、検索窓に〝チーバくん　黄〟と入力してみる。画像検索にかけたところ、チーバくんとは別の個体ながら、黄いろい身体のマスコットが無数に表示された。ちば犬というらしい。チーバくんに比べ、かなりマイナーな存在だった。

ところがそのなかに、形状はチーバくんのままなのに、いろが黄に変換されている画像があった。フォトレタッチソフトを使えば、誰でも簡単にいろを変えられる。その画像が掲載されたページを表示してみた。

ブログだった。ブロガーのプロフィール欄、本来は顔写真を掲載するフレーム内に、黄いろに変換したチーバくんが使われている。アカウント名は〝IVE243DL2〟と、おそらく作成時のデフォルトのままだった。略歴にはなにも書かれていない。

記事は去年の春から秋にかけ投稿されている。十月二十六日が最後だった。画像には男性が写っている。げっそり痩《や》せた身体を、派手な光沢のあるスーツで包む。髪は明るく染めていた。年齢は三十代だろうか。新宿駅の南口前で自撮りしたようだ。

文章はごく短い。〝これからタカシマヤタイムズスクエアに行きます〟、それだけだった。ほかの記事も似たようなものだ。〝いいね〟は一件もつかず、コメント欄は常時閉鎖。読者がいるかどうかも疑わしい。雑なブログごっこという印象だが、そのわりには半年間で百件近くも投稿している。

この画像の人物がイエローー・チーバくんこと緒林桔平だろうか。外見は藤森や有希恵の証言に近かった。ただし文章があまりに短く簡素なため、小説家志望をうかがわせるところがない。イエローー・チーバくん作『魔界の伝道師リョウ』へのリンクも見あたらなかった。

連絡をとる方法はないのか。メアドの記載もメールフォームもなく、コメントも書きこめない。どこに住んでいるのだろう。画像から中央《ちゆうおう》線沿いが行動範囲だとわかる。ラーメン好きなのがうかがえる。中野《なかの》ブロードウェイをよく訪ねている。平日の昼間から市街地をしきりに散策。無職かもしれない。

それ以上の情報は得られない。李奈はぼんやりと虚空を眺めた。一般人の李奈には、この男性の素性をたしかめるすべはない。

重大事件ゆえ捜査はすべて警察がおこなう。被害者遺族やホテル関係者など、事件に直接結びつく人々には、捜査員が会って話をきく。出版人の端くれにすぎない李奈は、誰にもアプローチできない。事件の核心から遠く離れた外側で、多少気になった事柄を追いかけるだけでしかない。少しずつ新たな情報を得てはいるものの、これぐらいのことは警察も承知済みの可能性がある。こんなことばかりで手がかりがつかめるのだろうか。

電車は千葉《ちば》ニュータウン中央《ちゅうおう》駅をでた。次が目的地の印西牧《いんざいまき》の原《はら》駅だ。李奈はブログのページをリーディングリストに登録し、スマホをしまいこんだ。

印西牧の原駅で電車を降りる。わりと新しめで綺麗《きれい》な駅構内を歩いた。都内から移動してくると、辺りは驚くほど閑散としている。二階の改札をでて、広い空中通路を歩いたが、視野には数えるほどしか人間がいない。

空がやたら開けている。高層ビルが皆無なせいだ。商業施設の面積がどれも驚異的に広いうえ、看板も恐ろしく大きい。アメリカの郊外を思わせる眺めだった。タイル張りの歩道も洒落《しゃれ》ている。ただしロータリーにはタクシーが一台しかいない。陸橋から見下ろすと、ディズニーランド並みに大きな駐車場が目に入った。住民は公共交通機関を使わず、クルマで移動しているようだ。そんなところもアメリカっぽい。

商業施設のなかを突っ切り、待ち合わせ場所のコーヒーショップに入る。約束の時刻にはまだ早いが、テーブルで腰を浮かせる男性がいた。年齢は四十代ぐらい、七三分けの髪に、瓶底のような丸眼鏡。ややくたびれた印象のワイシャツにスラックス姿だった。向こうは李奈の顔を知っていたらしい。丁寧におじぎをしてくる。

李奈もおじぎをかえした。「杉浦李奈です」

「野辺奏太です」男性がぼそぼそと応じた。店内BGMに掻《か》き消されそうなぐらい小さな声だった。「わざわざこんな遠くまで……」

「とんでもない。ご無理いってすみません。ちょっとおまちくださいますか。ここ注文しなきゃいけないんで……」

セルフサービスの店だった。いったんカウンターに向かい、カプチーノを注文する。受けとったカップをトレーに載せ、さっきのテーブルに戻った。野辺と向かい合わせに座った。

李奈はきいた。「この辺りにお住まいなんですか」

「ええ」野辺が応じた。「仕事を辞めてから、妻とともにこっちに引っ越しました。戸建てが安くてね。驚くほど広々としてる。書店も映画館もあるし、クルマさえ持っていれば不自由しません」

「そうですか。あのう、KADOKAWAの菊池さんがメールを……」

「ええ。例の事件のことですよね」野辺は憔悴《しょうすい》のいろをのぞかせた。「友達を大勢失ってしまい、とても耐えきれない気分です。東京での暮らしに疲れた人が、このへんに多く移住してきますが、私と妻も該当します」

「奥様もショックを受けられたんですか」

「妻は講談社に勤めてたんです。夫婦揃って編集者だったんですよ。貞藤功先生とは家族ぐるみのつきあいでした。ほかにも弓家真裕美先生や、辻見賢剛先生とも親しくて」

「みなさんに韓国映画化のオファーがあったそうですが……」

「私が知る事例は貞藤先生だけです。それも又聞きなんです。共通の知り合いの編集者……小学館の人なんですが、彼から伝えられました。貞藤先生がそのようなことをおっしゃったと」

「野辺さんは作家だけでなく、他社の編集者さんとの交流も深いとおききしました」

「そっちのほうが多いですよ。いろんな団体の懇親会だとか、文学賞授賞式とか、ブックフェアで顔を合わせますからね。小説家はむしろ、編集者仲間の紹介で知り合うことがほとんどです」

「へえ。知り合うきっかけもいろいろですね。藤森智明さんの新年会で集まったりとか、そういうつながりしか知らないんですけど。あ、わたし自身が出席したわけじゃなくて、井茂泉州さんのブログで読んだだけなんですが」

「私も藤森さんとは面識がないので、その新年会には縁がありません。編集者のほとんどは、仕事上やむなく作家先生とつきあってるだけで、なるべく会いたくないと思ってますよ」

「……そうなんですか？」

「特に大御所だとか、威張りたがりの先生とはね。小説家協会の懇親会も、できれば行きたくないと敬遠してる編集者仲間ばかりでした。でも今回だけはと足を運んだ友人も多くて……」

「今回だけ？」李奈はきいた。

野辺がうなずいた。「どこかの大手が文学賞を新設するらしくて、もう受賞作家が内定してるため、担当編集者に事前通達されたとか。詳細は懇親会で伝えられる段取りだったようです」

李奈は当惑をおぼえた。「まってください……？　文学賞が新設されて、受賞作家が内定済み？　そんなことあるんですか」

「記念行事的な文学賞の場合ならありえます。これまた編集者仲間からきいただけの話なので、私はよく知らないんですが、どうやら功労賞に近いニュアンスのものだったようです。長くやってるのに、賞と縁がなかった作家さんを、業界として称《たた》えようと」

「へえ。大手の主催とおっしゃいましたが、どこの出版社ですか？」

「それもわからないんです。声のかかった編集者は、集英社と文藝春秋と幻冬舎の社員でしたから、それら以外でしょう」

「懇親会で詳しい発表があったんでしょうか？」

「そういうわけではなくて、賞の主催者も懇親会に出席してるので、それぞれの編集者と個別に会う約束を交わしたという、それだけのようです」

「なるほど。懇親会という集まりを利用して、主催者が各編集者と会い、賞に関する説明なり通達なりをおこなおうとしたわけですね」

「ええ。主催者側の都合優先ですよ。賞をあげるから出向いてこいってことです」

「なのに編集者さんたちは不平をおぼえず、懇親会に足を運んだんですか」

「こういってはなんですが、三人とも往年の人気作家の担当だったので……。最近の作品は売れてませんし、ふたたび脚光を浴びるきっかけになるのであれば、もっと遠い場所にも出向いたことでしょう」

「その編集者さんたち三人は、みな揃って野辺さんに事情を明かしてきたんですか」

「いえ。ちょうど懇親会の日、私たちは別の場所で飲み会を開く予定でした。でも編集者ばかり三人が、どうしても来られないというんです。それで各自と電話で話したとき、ここだけの話だといって打ち明けてくれたんです。担当する作家の受賞絡みだと」

「妙だとは思いませんでしたか」

「なぜですか？　三人が三人とも同じ理由だったから？　いえ。ただめでたい話だと祝福しました。ベテラン作家ばかりだったので、そういう賞なんだなと感じただけです」

状況が韓国映画化オファーに似ている気がする。懇親会に参加した作家らの一部は、韓国プロデューサーに会う予定があった。同じく編集者らのうち、少なくとも野辺の友達の三人は、文学賞について話をきくため出向いたという。

三人とも犠牲者になってしまったため、事実をたしかめるすべはない。詳しいことはなにもわからない。いまは野辺の言葉を信じるしかなかった。

李奈は野辺にたずねた。「その文学賞は本当にあるんでしょうか?」

「知りません」野辺がコーヒーカップを口に運んだ。「私も妻も仕事を辞めてしまいました。もう出版人ではないんです。業界が非公表にしてる情報はわかりません」

「いまも出版社にお勤めのお知り合いに、おたずねいただくことは……?」

「申しわけありませんができません。菊池さんにきいたほうが早いのでは?」

出版界と距離を置きたがっている。やはり事件に深く心を痛めたがゆえだろうか。

野辺がふと思いついたようにいった。「そうだ。いまの話とはあまり関係がないのですが、警察のかたがおいでになったとき、気になることをおっしゃいました」

「なんですか」

「遺体の身元確認ですが、なにしろ閉所での火災だったので、損傷が激しかったらしくて……。ご遺族に見せてもわからず、DNA鑑定をおこなった遺体も多くあったようです。でも作家のうち三人は、身につけていた腕時計などの残骸《ざんがい》から判断したようで」

「それは……どういう意味ですか。DNA鑑定をおこなわなかったんでしょうか」

「ミステリによくでてくるネタですが、五百度を超える熱で焼かれた死体は黒焦げになり、DNA型の抽出も困難になるという……。貞藤功先生、香東美月先生、宝徳瑠《ほうとくる》偉《い》先生がその三人だそうです。でも状況から本人にちがいないと、死亡が認定されたそうです」

宝徳瑠偉は五十代の乱歩賞作家だった。近年は部数が伸びず苦労していたという話が、週刊誌に暴露されたことがある。暴力団とのつきあいがささやかれたうえ、行きつけのスナックの店長を恫喝《どうかつ》した罪で逮捕された。その報道に付随し、記事内で近況にも触れられていた。

ＤＮＡ鑑定不能の遺体が三つ。李奈が警察に不信感を抱いているせいで、捜査関係者と疎遠になっている。おかげで新たな情報も入ってこない。刑事によるガセネタではないかと疑いたくもなる。

ふと自分の存在の小ささを感じざるをえない。警察という巨大組織が捜査を進める一方、李奈は噂話をききまわるばかりだ。ノンフィクション本の取材でも、蚊帳《かや》の外に置かれがちだったのを思いだす。

李奈はささやいた。「警察はなにを野辺さんに伝えたかったんでしょうか。三人が生きてる可能性もあるとか？」

「私の反応を見てるようでした。なにか知ってるのなら顔いろのひとつも変わるだろうと……」野辺は表情を硬くした。「故人への冒瀆《ぼうとく》ですよ。貞藤先生が自分の腕時計を他人に巻き、身代わりにしたとでもいうんですか。馬鹿馬鹿しい。なんの理由もなく、手当たりしだいに人を疑う。私は警察が嫌いになりました」

同感かもしれない。李奈は冷めつつあるカプチーノに目を落とした。「どこへ行っても相互不信ばかりですね」

野辺は不満をあらわにした自分を恥じるかのように、にわかに居住まいを正した。「あのう、杉浦さん。今回はノンフィクション本の取材でしょうか。以前の岩崎翔吾先生のときのような」

「いえ。個人的に一日でも早く、出版界を覆う暗雲が振り払われないかと、そればかりを望んでいまして。じっとしていられず動きまわってます。現状なんの貢献にもなってないと思いますが……」

「そうですか」野辺が静かにきいてきた。「リゼロッテ東京ホテル側の状況は、もうお調べですか」

「報道されているかぎりのことは」

「いえ。そうじゃなくて、たとえば宴会ホールのテーブルを用意したスタッフに、直接会って話をききましたか」

李奈は首を横に振った。「とても無理です。なんの権限もないのに、当事者にアプローチするなんて」

「よろしければお膳立《ぜんだ》てしますよ」野辺は眼鏡の眉間《みけん》を指で押さえた。「宴会ホールのマネージャーは、私の大学時代の同級生なんです」

16

梅雨の季節だけに天気の悪い日が多い。李奈は雨のなか傘をさし、茅場町のリゼロッテ東京ホテルを訪ねた。

本館はなにごともなく営業している。エントランス前にクルマが横付けし、ベルキャプテンが出迎える。ここだけ見れば都内のほかの高級ホテルと変わらない。

事件が起きたのは隣の別館だった。結婚式場や宴会ホールばかりから成る、二階建て鉄筋コンクリート造の離れ。いまはゲストの目から遠ざけられている。建築現場のように、縦横に組んだ足場と防音シートが、建物全体を覆っていた。

李奈が会ったのは鹿鳥秀雄《かとりひでお》という四十代の男性だった。役職は宴会サービスマネージャー兼別館管理課長だという。

元編集者の野辺から話が伝わっているとはいえ、迷惑げな態度をしめされるのではないか。もしそうであっても辛抱するしかない、李奈はそのように自分にいいきかせてきた。

ところが実際に顔を合わせてみると、鹿島はきわめて紳士的に振る舞い、李奈にも丁寧に対応してくれた。もちろんホテル従業員としての役割かもしれないが、露骨な反発すら覚悟していただけに、李奈は純粋にありがたいと感じた。

大勢の小説家が亡くなった現場について、同業者として実情をたしかめたがっている、若手の女性作家。野辺は李奈をそんなふうに紹介したらしい。鹿島はいくらか同情の念さえしめしてくれた。本館のロビーで会った鹿島は、厳かにたずねてきた。

「現場をご覧になりますか」

「……ぜひ」李奈は問いかえした。「いいんですか」

「ええ。もう取り壊しが始まっていますが、宴会ホールは残ってます。こちらにどうぞ」

鹿島がホテルの備品の傘を手にとり、エントランスから外にでていく。李奈は緊張とともに追いかけた。

車寄せの歩道を進み、庭園のなかの小径《こみち》を抜け、隣の別館へと向かう。防音シートとメッシュシートが一部、支柱に結ばれていなかった。そこが通用口になっているようだ。鹿島はシートをめくりあげ、敷地のなかに入っていった。

そこにはニュース映像で目にしたままの、別館の残骸が存在していた。黒焦げの外壁が部分的に破壊された、まるで高架駅のごとく横長の二階建て。鹿島のいうように、すでに解体作業が始まっている。近くに重機もあった。きょうは休工らしく、ひとけもなく静寂に包まれていた。

以前の報道ではエントランス付近に献花台があったが、もう撤去されている。ガラス製の自動ドアは開放状態で残存していた。

なかに入った。李奈は鹿島とともに傘を畳んだ。ロビーは惨憺《さんたん》たるありさまだった。焼け残っているのは絨毯《じゅうたん》のみ。天井も壁も焦げ、コンクリートが剝《む》きだしになっていた。壁材や調度品の破片、瓦礫《がれき》が一面に散らばる。

動かないエスカレーターに平行し、二階につづく上り階段があった。鹿島がそこを上っていった。本来は照明がなければ真っ暗だろうが、いまは側面の壁に大穴が開き、外光が射しこんでいる。

李奈も階段を上りながら鹿島にきいた。「建ったのは昭和ですよね?」

「ええ。昭和五十五年です。でも防火設備は更新していました。宴会ホールの内外にスプリンクラーが設置してあったんですが……」

誰かがスプリンクラーポンプの元栓を閉めていた。防火ベルは鳴ったが消火用の水は噴出しなかった。よって炎はたちまち燃えひろがった。

階段を上りきった。幅の広い通路がまっすぐ前方へと延びている。片側の壁には宴会ホールの入口が連なる。反対側の壁はあちこち破壊され、雨とともに外気が吹きこんでくる。大小のコンクリート片が床に散乱している。隆起や陥没もいたるところにある。ひどく足場が悪い。

先を歩く鹿島がいった。「足もとに気をつけてください」

「心得てます」李奈は応じた。「事件現場はどこですか?」

「この先の宴会ホールです」鹿島がわきを指さした。「手前のここはクロークでして、お客様の荷物を預かる場所です」

壁沿いにカウンターがあった。李奈は鹿島にきいた。「懇親会の参加者は、みんな荷物を預けていましたか?」

「ええ。場内は立食パーティー形式で、グラスやトレイを持ち歩くので、荷物があっては邪魔になります」

少なくとも緒林桔平だけは、原稿の入った大判の封筒を持っていたはずだ。そもそも招かれざる客ゆえ、クロークが利用できるはずもない。李奈は頭に浮かんだ疑問を口にした。「警備のほうは……?」

「宴会ホールで催し物があるからといって、特に警備の者を立たせたりはしません。私どもは会場とサービスを提供するのみですし、受付も主催者のかたがおこなうのがふつうです。小説家協会の懇親会も毎回そうでした」

「ということは、どんな人が入場したか、ホテル側では把握していないわけですか」

「原則的に主催者まかせです。問題があれば一階警備室に連絡してくださいと、利用者に伝えておくのが常でした」

「防犯カメラはあったでしょう?」

「映像は警備室のHDDに記録される仕組みでした。でもそこが焼けてしまって、録画データも再生不可能です」

「HDDはネットにつながっていなかったんですか」

「接続されていました。外部からリアルタイムで視聴することはできたんですが、データそのものがクラウドに保管されるわけじゃないので、残念ながら確認は不可能です」鹿島が足をとめた。「ここです」

観音開きのドアがあったのだろうが、すでに撤去されている。消防隊が突入時に壊したと報じられた。いまは大きな四角い開口部が残るのみだ。わきに黒焦げの長テーブルと、いくつかのパイプ椅子が放置してある。懇親会の受付だった。テーブル上に紙類が載せてあったかもしれないが、むろんすべて灰と化している。

なかは真っ暗で、のぞきこむのには勇気がいる。李奈は出入口と距離をとったまま、震える声で鹿島にきいた。「設備自体は消防法に適合していて、なんの問題もなかったそうですね」

「ええ」鹿島がわずかに表情を曇らせた。「事件直後は苦情の電話が山ほどかかってきました。耐火シートと酸素マスクが常備されていれば、みんな助かったはずだと。ナンセンスな話です。そんな物を人数ぶん揃えてはおけません」

「あー。たしか事件の一か月後、アメリカのアイダホ州で……」

鹿島がうなずいた。「パーティー会場に不審なアタッシェケースを持ちこもうとした男性が逮捕されました。中身はひとりぶんの耐火シートと酸素マスク。男性は日本の事件を教訓にしたといったそうです。そんな荷物の持ちこみを許可したら、保安面で別の問題が浮上しますよ」

李奈は宴会ホールの出入口に歩み寄った。ホールの壁は破壊されていないため、暗闇ばかりがひろがっている。

するとと鹿島がきいてきた。「懐中電灯をお持ちしましょうか」

「いえ」李奈はうわずった声で応じた。「スマホがありますので……」

スマホをとりだし、懐中電灯機能をオンにした。LEDライトがホール内の暗がりを照らす。

化学薬品のようなにおいが漂う。やけにがらんとしていた。内部のテーブル類はすべて搬出済みのようだ。ここには瓦礫もなく、床は綺麗《きれい》に片付いている。証拠品として収集されたのかもしれない。天井材と壁材が溶けて剝《は》がれ落ち、黒ずんだコンクリート面のみが残る様相は、ロビーや通路と変わらない。

ライトを水平方向に動かしながら、端から端へと照らしていく。その途中でひとつの物体が目にとまった。丸めた背だと気づいた瞬間、李奈はびくっとした。

しかし鹿島は仕方なさそうに声をかけた。「安川《やすかわ》さん」

白髪頭の老婦人が頭をあげた。ホールの床にしゃがみこんでいた。ゆっくりと立ちあがり、老婦人がこちらを振りかえった。

鹿島がホール内に足を踏みいれた。足ばやに老婦人に歩み寄りながら鹿島がいった。「申しわけないのですが、勝手に立ち入られては困るんです」

老婦人の足もとには献花と供え物があった。供養のため訪ねたとわかる。戸惑い顔で老婦人がうったえた。「どなたもいらっしゃらなかったので……」

「ええ。もういまは夜間以外、ガードマンを立たせていません。ご存じだったんじゃないんですか？　その気があれば本館のフロントに声をかけられたでしょう」

「ご迷惑かと思って……。でもどうしても週にいちどは、主人のお墓だけじゃなく、ここに来たくてね」

「お気持ちは察しておりますが、取り壊しも進んでいますし、危険ですから」

「ごめんなさい。どうしても来るのをやめられなくて」老婦人の目が李奈に移った。じっと見つめながら老婦人が問いかけてきた。「あなたも遺族のかた……？」

「いえ……」李奈は頭をさげた。「小説家の杉浦李奈といいます」

「ああ。ならお知り合いを亡くしたとか？」老婦人がおじぎをかえした。「安川久枝《ひさえ》です。主人は安川功……貞藤功と申しあげたほうがわかりやすいかしら」

貞藤功はペンネームだった。婦人は貞藤功の妻だとわかった。李奈はもういちど深々とおじぎをした。「このたびはご愁傷さまです……」

久枝も一礼したのち、神妙な顔でたずねてきた。「あなたは貞藤功をご存じだったの？」

「お会いしたことはありません。でも著書は拝読しました。『騎虎と虚無』『夕陽の橋頭堡』『ニセコの大地』『光陰如流水』……」

「まあ」久枝が目を細め、控えめな笑みを浮かべた。「よくご存じなのね。お若いのに」

「心から尊敬しておりました。骨太で緻密《ちみつ》な心理描写に、いつも圧倒されっぱなしで」

「あの人がきいたら喜ぶでしょうね」久枝がホール内を見まわした。「まだここにいるような気がするの」

鹿島がささやいた。「安川さん。ご供養のほうは……」

「ええ、そうね。またご迷惑をおかけしてしまって……。これらは持ち帰るべきよね」

「いえ。そのままにしてください。私どものほうで……」

「そう」久枝は李奈に向き直った。「またどこかでお会いしましょう」

「はい。ぜひ……」

久枝はもういちどおじぎをした。視線を落としたまま歩き去っていく。後ろ姿が出入口から通路へと消えていった。

静寂が戻った。鹿島がため息をついた。「合同慰霊祭ののち、ご遺族の方々がここを訪ねることもなくなったんですが、安川さんだけは例外でして」

「きっと未練がおありなんでしょう」

「それはそうなんですが」鹿島の声が小さくなった。「なにか手がかりを求めておられるようです。最初のうちは燃えかすなどを持ち帰ろうとなさりましてね。よくトラブルになりました」

「燃えかす？」

「お知り合いの大学教授に分析してもらうんだとか……。安川さんは、放火犯がご主人を狙ったとお考えのようです。警察の捜査には不満があるようで」

「貞藤功さんが狙われたとおっしゃるんですか。なぜそんなふうにお思いなんでしょうか」

「私もよく知らないのですが、ほかの作家さんたちがＳＮＳかなにかで、不可解な人物に言及したとか」

「緒林桔平さんですか」

「ええ、そのようなお名前です。ご遺族のあいだでも話題になっているものの、警察はその名をマスコミにも公表していないらしく……。安川さんはご遺族を代表して抗議をなさったそうです」

「そんなことがあったんですか」

「警察としては、放火との因果関係が不明なうえ、そのような人が現場にいたかどうか判断がつきかねるとのことで……。まだ氏名を公表する段階ではないと判断したとか」

李奈はスマホを操作した。リーディングリストから例のブログを選択する。ブロガーの顔写真の代わりに、黄いろいチーバくんの画像をあげている人物。記事内に掲載された自撮りの静止画を表示した。げっそり痩《や》せた身体、派手な光沢のあるスーツ。明るく染めた髪。李奈はきいた。「この人を見たことはありませんか」

鹿島が画面をのぞきこんだ。「さあ……。当日のようすなら、ホテル側で撮った写真も数枚ありますから、それをご覧になりますか」

「ぜひお願いします」

「ではこちらにどうぞ」鹿島が出入口に歩きだした。

画像の人物が緒林桔平とはかぎらない。証言にある人物像ならどうだろう。李奈は鹿島に歩調を合わせた。「似たような特徴の人は？　懇親会を繰りかえし無断で訪ねてませんか。痩せていて、派手なスーツで、髪が明るくて……」

ホールをでた。通路を歩きながら鹿島が首をひねった。「ちょっとわかりかねますね。無断で訪ねたというのは、招待なしにお越しになったという意味ですか？　小説家協会のほうからは、過去に苦情などはなかったと思います。ああ、でも……」

「なんですか」

「三月十日、出火より三十分ほど前でしたか。懇親会がおこなわれている最中、私はこの通路を歩きました。責任者として巡回してたんです。すると宴会ホールのドアが開き、懇親会の参加者のかたがおひとり、トイレに向かわれました」

ふたりで階段を下りる。李奈は鹿島にきいた。「どなたですか」

「お名前まではわかりません。しかし男性のかたで、作家さんかもしれません。お酒が入っており、かなりご機嫌でした。私と目が合うと、まいったよと笑っておられました。招待もされていない闖入者《ちんにゅう》がいてね、と」

「……緒林桔平さんのことでしょうか」

「さあ。あまり気にもとめず、それ以上は言葉も交わさなかったので……。その男性のかたがトイレに行き、また戻って宴会ホールに入るとき、ドアを開けるお手伝いをしました。私が知るのはそれだけです。雑務のため本館に帰ってしまいまして」

建物をでると雨が降っていた。鹿島が傘をさす。李奈もそれに倣った。シートの隙間を抜ける。立入禁止区画からホテルの庭園に戻った。

ホテル側が当日撮った写真があるという。緒林桔平の存在を確認できないだろうか。

いま期待しているのはそれだけだ。追っているのは非常に細い線だった。そこが断たれると、すべては振りだしに戻ってしまう。ほかの可能性を探すには、また途方もない手間がかかる。

庇《ひさし》の下で傘を畳んだのち、本館のエントランスを入る。フロントのわきにあるドアに、鹿島が李奈をいざなった。

室内は警備室兼事務室のようだった。数人の職員がそれぞれの事務机にいる。壁は各所を映しだすモニターのほか、無数の額縁に埋め尽くされていた。

「さて」鹿島が棚の引き出しを開け閉めしだした。「写真はどこにあったかな」

額縁のうち数点には集合写真がおさまっている。李奈は歩み寄った。さっきの宴会ホール内だとわかる。むろん火事が起きる前の豪華な内装だった。パーティーの出席者らが笑顔で集っている。

小説家協会の懇親会ではない。どこかの企業の記念行事ばかりだった。しかし一枚だけはずいぶん顔ぶれがちがった。美男美女のほか、業界人っぽい洒落《しゃれ》たルックスの集団。メイクやドレスの趣味からすると、日本人ではなく韓国人がほとんどのように見える。

李奈は鹿島にたずねた。「この写真はいつ撮られた物ですか」

鹿島が近づいてきた。「ああ。去年の八月ごろです。日本橋のTOHOシネマズで韓国映画の祭典があったとかで、その関係者らの打ち上げですね」

「たしかに……。韓国ドラマで観たことがある顔がちらほらと」

半ば唐突に鹿島がいった。「藤森智明さんの『火樹銀花』が映画化されるんですよね？」

「えっ」李奈は驚いた。「どうしてそれを……」

「この写真にあるパーティーで耳にしたからです。規模が大きかったので、私も会場におりましてね。すると韓国の映画関係者のかたが、居合わせた日本人関係者に、そのように話しておられて」

「韓国語がお分かりなんですか」

「いえ」鹿島が苦笑した。「通訳のかたがおられたんですよ。『火樹銀花』の韓国での映画化が、ほぼ内定済みとおっしゃいました。米アカデミー賞で作品賞を受賞した監督による映画化だとか」

「へえ」李奈は初耳のようにとぼけてみせた。「アカデミー賞受賞監督ですか……」

「私も学生のころ読んだ本ですからね、印象に残りましたよ。あのかたご自身がプロデューサーだったんでしょうか」

李奈は写真に向き直った。「どの人だかご記憶ですか」

「ええと」鹿島は指さした。「このかたです。お名前はたしか、キム・ジェウクさんでしたか」

「よく覚えておいでですね」

「会場で俳優さんらしき方々が、さかんにこのかたのお名前を口にし、挨拶《あいさつ》なさっていました。きっと大物プロデューサーですよ」鹿島は棚へと引きかえした。事務机にいる同僚に声をかける。「宮下《みやした》さん。小説家協会懇親会の写真、どこにしまったかな」

李奈はスマホで〝キム・ジェウク〟を検索した。集合写真と同じ人物の顔が現れた。韓国映画プロデューサー。代表作には有名な作品名ばかりが列挙されている。

去年の八月なら、まだ映画化は検討中だったはずだ。これまでの認識ならそう考えられる。けれどもじつは内定済みで、プロデューサーが別件で来日していたとなれば、そこから情報が漏れたのかもしれない。ネットの掲示板の書き込みも、あながちガセとはかぎらなくなった。

しかしこのパーティーで取り沙汰《ざた》されたのは『火樹銀花』だけだ。ほかの作家たちの韓国映画化オファーというのは、どこからでてきた話なのだろう。

ひとつの考えが脳裏をよぎる。日本の小説を原作にした韓国での映画化、その噂だけがひとり歩きしたとすればどうだろう。原作がどの小説かわからず、何者かがそれをたしかめようとした。いろいろな作家に偽手紙が送られたのも説明がつく。可能性がある作家を全員、懇親会に呼びだしたうえ、何者かが原作者を割りだそうとしていたとすれば……。

鹿島が話しかけてきた。「写真がありました」

李奈は事務机に歩み寄った。並べられた数枚の写真を眺める。一見したとたん失望を禁じえなかった。どれも場内が暗転し、壇上にのみスポットライトが当たっている。協会理事の井茂泉州がスピーチ中のようだ。出席者たちはぼんやりとしか確認できない。

それでも李奈が報道を通じ、顔を知る作家らが、数名見てとれた。司東湊翔、黒磯康太郎、焼谷海晴。車椅子の藤森智明もいる。藤森の旧友である勝居冬至も近くに立っていた。貞藤功の姿は目につかないが、どこかにいるのだろう。

忙しく立ち働く有希恵の姿もあった。本館の従業員とは異なる制服だった。にこやかな笑みを絶やさず、グラスを回収してまわっている。李奈は指さした。「彼女が生存できたことは喜ばしいことです」

鹿島が感慨深げにうなずいた。「伊藤さん……いえ、もういまは藤森さんですが、彼女は本当に働き者です。仕事熱心で休まない。宴会ホールでもここしばらくは皆勤賞でした」

写真を眺めるうち気が鬱《うつ》してくる。生き延びたのは二名だけだ。ふたりともほかの人々と、なんら変わらない時間を送っていた。李奈はつぶやいた。「このしばらくあとに悲劇が襲うなんて……」

「まったくです」鹿島が残念そうな顔になった。「宴会ホールのドアがすべて、外側から施錠されたなど、いまも信じられません。従業員専用口まで施錠されていたんですよ。鍵《かぎ》はこの部屋にあったんです」

「ここですか」李奈は室内を見まわした。

「ええ、そのキーボックスです」鹿島が壁ぎわに歩み寄った。「宴会ホールのドアの鍵は合計四本あります。出入口が三本、従業員専用口が一本」

キーボックスの扉は半開きになっていた。なかに無数の鍵がぶら下がっている。鹿島が四本の鍵をとりだした。いずれもＧＯＡＬのシリンダーキーだった。

フロントにいた従業員が入室してきた。持参した鍵をキーボックスに戻し、また部屋をでていく。

あまり意識していなかったが、さっきからさまざまな従業員が、キーボックスを利用するため入退室を繰りかえしている。そのたび事務机の職員らが横目で見て、ご苦労様ですと声をかける。李奈は鹿島にたずねた。「この部屋には宴会ホールのスタッフも入れるんですか」

「いいえ。私以外は入れません。本館はあくまで本館の従業員専用です。どんなに優秀なスタッフでも例外はありません。伊藤さん……いえ藤森有希恵さんであっても、ここには一歩も立ち入れないんです」

彼女はとっくに容疑者リストから外れている。閉じこめられて死にかけたからには犯人のはずがない。外から鍵をかけられる人物。それ以前に鍵を持ちだせる人物。李奈は鹿島を見つめた。「別館のスタッフは誰ひとり、この部屋に入れないんですね？でもふだん宴会の準備時に、ホールの鍵を開けたり、終了後に閉めたりするのは……」

「私の役目です。すべて管理課長である私に一任されているんです。私以外、別館のスタッフは誰ひとり、鍵には触れないのが原則です」鹿島は微笑とともに、冷静に告げてきた。「私の身辺調査なら、警察がしっかりおこなっていますよ」

李奈も苦笑した。「疑ってはいませんよ。でも誰か例外はないんでしょうか。鹿島さんの手から、どなたかに鍵を預けることがあるとか」

「そうですね……。従業員専用口のドアの鍵だけは、スタッフに預けることがありま す。そこは通常、出入口に数えられません。料理を搬入するための裏口なので、お酒に酔ったお客様が開けないよう、業務中に施錠したり解錠したりすることがあるんです。そのドアのみ内側にも鍵穴《かぎあな》があるので」

「小説家協会の懇親会当日はどうでしたか？」

「懇親会に参加される方々はマナーもよさそうだったので、鍵はスタッフに預けませんでした。私が朝早くに別館を解錠したのち、四本ともキーボックスに戻しました。その後いっさいとりだしていません」

残念なことにその線からもたどれない。宴会ホールの鍵四本は、ずっとこの部屋にあった。なのに放火の寸前、すべてのドアが施錠された。

李奈は唸《うな》った。「この部屋の出入りについては、防犯カメラの録画映像が残っていますよね？」

「ええ。常時二か月前までの映像が保存されています。警察も調べましたが、不審者の出入りはありませんでした」

「鍵をとりだせるのは鹿島さんだけ……。宴会ホールのテーブルを用意したスタッフさんや、ケータリングの業者さんたちにも、鍵を預けてないんですね？」

「テーブルの用意は、私が早朝に鍵を開けて以降のことです。スタッフや外部の業者は、準備のため自由に出入りしていました。でもみな警察の取り調べを受け、なんの問題もなかったときいています」

「はい。そのように報道されていました。でも準備中に誰か、スタッフでも業者でもない人が、ホールに紛れこんだということは……？」

鹿島が当惑をしめした。「その点は警察にも何度もきかれましたが、ないとはいいきれません……。準備中の宴会ホールに、絶えず人がいるわけではなく、ひとりかふたりだけが働いていることもあったでしょう。部外者がいれば防犯カメラに映るはずですが、あいにく……」

ＨＤＤが破壊された以上は確認できない。犯人はそこまで考慮していたのだろうか。

「でも」鹿島が室内を指ししめした。「ここには部外者も入りこめませんよ。うちの制服は外部の人間には絶対に手に入りませんからね。キーボックスには誰も近づけません」

この部屋に来て以降、鹿島の発言に嘘があったとは思えない。事務机にいる同僚らが、妙な顔ひとつせず、平然とした態度を貫いているからだ。なにもかも正直に話していたにちがいない。

もっとも同僚までがグルの可能性もある。ただし鹿島の誠実な態度には、疑惑を感じさせるところが微塵《みじん》もない。信用に足る人物だと李奈の勘が告げていた。とはいえ汐先島では、あっさりその勘が外れたのだが……。

17

李奈は東京医科大学病院を訪ねた。貞藤功の妻、安川久枝について、藤森にききたかった。

藤森は有希恵とともに病室にいた。主治医の吉村が脚の状態をたしかめている。車椅子に乗ったまま、藤森は片脚を専用の診療台に乗せている。パジャマのズボンを膝《ひざ》までまくるのみで、ほかにはふだんとなんのちがいもない。会話にも支障なさそうだった。

近くに立つ有希恵が、真っ先に気遣いをしめしてきた。「杉浦さん。怪我はなかったんですか？　アパートに指名手配犯が籠城《ろうじょう》だなんて、気が気じゃありませんでした」

すると藤森も心配げに李奈を見上げた。「私たちはみんなテレビに釘付《くぎづ》けでしたよ。有希恵も現場に行きたいとそればっかりで……」

吉村医師が前屈姿勢でぼやいた。「動かないでください、西田さん。あと少しですから」

「ああ……。これはどうも、すみません」藤森は困惑のいろを浮かべたものの、すぐに笑顔に戻った。「杉浦さんが無事で本当によかったです。またお会いできて本当に嬉《うれ》しく思います」

「こちらこそ」李奈は微笑したのち、吉村医師に頭をさげた。「診療中に申しわけありません」

「いや」吉村医師は藤森の脚をマッサージしながらいった。「年配の医者と患者が辛気くさく顔を突きあわせるより、若い女性がふたりも立ち会ってくれるほうがありがたい。私もあなたの無事を心から喜んでいますよ」

「どうも……」李奈は恐縮しながら藤森に向き直った。「じつは現場に行きまして、貞藤功さんの奥様と偶然お会いしたんです」

「久枝さんとですか。まだ現場に……」

「ええ。週にいちどは足を運んでいらっしゃるようです。もうじき建物が取り壊されるので、それも無理になりますけど」

「お気の毒に」藤森は深刻な顔になった。「久枝さんとは葬儀で初めてお目にかかったんです。私もこんな身ですので、貞藤君の家にお邪魔することは控えておりました。私の家の新年会では、作家仲間はみな文学談義が目的なので、妻子を連れてこないんですよ」

「久枝さんは藤森さんに、どのようなことを……？」

「作家たちが懇親会の最中にツイートした、部外者らしき人が会場に入りこんだ件について、なにがあったのかお尋ねでした。いうまでもなく緒林桔平さんの件です」

「緒林さんについて、久枝さんは警察に相談なさったみたいです。でも事実確認がとれないと一蹴《いっしゅう》されたとか」

「そうだったんですか」藤森はため息をついた。「やはり私がすべてを警察に証言しなくては」

有希恵が憂いの表情とともにささやいた。「お養父《とう》さんは故人の名誉を傷つけたくなくて、証言を迷ってたんです」

藤森は目を閉じた。「前にも申しあげましたが、身体が不自由なこともあり、緒林さんをからかうような協会員らの態度は、どうしても受けいれがたく……」

李奈は穏やかにきいた。「貞藤功さんは緒林さんを馬鹿にせず、真摯《しんし》にアドバイスなさっていたんですよね？」

「そうなんですが……。ほかの何人かの友達が、やや倫理観を欠く言動をしめしたのは事実でして、きっとご遺族の方々は反発なさるでしょう」

有希恵が励ますようにささやいた。「お養父さん。わたしも証言しますから」

ほかにもたずねておくべきことがある。李奈は藤森にいった。「韓国の映画プロデューサーが『火樹銀花』を……」

「ええ」藤森はまったく未練なさそうに微笑した。「ききました。でも契約はしないつもりです。私が過去に書いた小説についても、いろんな版元からお誘いがあったのはありがたいのですが、再契約はいたしません。名実ともに私は引退の道を選ばせていただきます」

「あの……。でも新作はお書きにならなくても、映画化や出版の契約を結んでおけば、収入になると思いますが」

「いまの私にとっては、なにもないことが平穏な日々につながるんです。ずっと専業作家でやってきました。養女《むすめ》とふたり、第二の人生を得て、あとは静かに歩んでいきたいと思いまして」

KADOKAWAのほか、出版各社の編集者らからきいた。藤森はどことも出版再契約を結ばないことを明言した。念書にも署名捺印《なついん》済みだった。

韓国映画化にともなう版元どうしの骨肉の争いを、藤森は事前に阻止した。いっさいの収入を放棄し、みずから身を引くことによって。

とはいえ悪気はなくとも、藤森には記憶ちがいがあるかもしれない。警察への証言がなされても、すべてが事実だとはかぎらない。

それでも警察は証言を受け、ひとまず捜査方針に反映させるだろう。久枝が求めていた進展が期待できるかもしれない。

ただし警察の腐敗が予想以上に深刻なら、事態は悪化しないともかぎらない。証拠品を損傷させたまま、とぼける刑事のいる警察が、どのていど信用に値するかはわからない。

捜査陣は一枚岩ではない。警視庁と中央署でも派閥が分かれるだろう。あまりにも事件の規模が大きく、動員されている捜査員の数も多い。嶋仲と篠井、ふたりの刑事と無関係であれば、まだ信頼を寄せられるかもしれない。

吉村医師が事務机に向き直り、カルテに記入しながらいった。「西田さんが大作家の藤森智明さんだとわかっていれば、私ももっと早くから便宜を図れたのに。長年診てきましたが、なかなか気づかなかった」

藤森が苦笑した。「病院でわざわざ名乗ることはないので……」

「去年の『小説現代』に」吉村医師が笑いながら李奈を振りかえった。「藤森智明さんの随筆が載ってましてね。そこにでてくる医者が、どう読んでも私だったんです」

「あー」李奈はうなずいた。「それで患者さんだとわかったわけですか」

「内容から木曜日に来る患者だと推測できたので、白い口髭《くちひげ》がいかにも小説家先生という感じの、夏目《なつめ》さんという人だと思った。苗字からして夏目漱石《そうせき》じゃないですか。ところが夏目さんはきょとんとして、なんのことやらとおっしゃる」

一同が笑った。有希恵が吉村医師にきいた。「いつ本当のことに気づいたんですか」

「待合室にいる夏目さんに、わざと藤森さんと声をかけたんです。ところが夏目さんは無反応で、西田さんの車椅子が進んできて」

藤森はとぼけた顔になった。「ぼんやりとふしぎに思いました。出版社でもないのに、なぜペンネームで呼ばれたんだろうと」

また笑いが沸き起こる。ペンネームを用いる作家にありがちなエピソードだった。

だがこの話はいみじくも、藤森の引退に支障がないことを表している。小説家は個人事業主だ。みずから看板を下ろせば、それで人知れず廃業になってしまう。

思いがそこに至ったのか、藤森の微笑に寂しげな翳《かげ》がさした。「ただの西田崇に戻っても、周りは元からそうだったのだろうと、すんなり受けとめるだけです」

李奈はいった。「わたしにとってはちがいますよ。永遠に尊敬する藤森智明先生です」

「ありがとうございます。しかしようやく肩の荷が下りた気がします」藤森は真顔になり、李奈をじっと見つめてきた。「警察に緒林桔平さんについて証言します。私にできる最後のことでしょう。杉浦さん、あとはよろしくお願いします」

「わかりました」李奈は頭をさげた。「どうかおまかせください」

ノックの音がした。吉村医師が応じた。「どうぞ」

ドアが開き、二十代のスーツがふたり姿を現した。中央署の刑事たち、嶋仲と篠井だった。

もやっとした気分にならざるをえない。藤森や有希恵も会釈したものの、どこか暗い表情になった。

吉村医師がふたりに目を向けた。「ええと、たしか刑事さんだったかな。前から病院に出入りされてる……」

「そうです」嶋仲がおじぎをした。「看護師さんにうかがったら、入ってもいいとのことだったので」

「ええ、かまいませんよ。こうしてお見舞いの杉浦さんもお越しですし」

嶋仲のまなざしが険しくなった。「私たちも面会予定を知りまして、ご一緒すべきかと思い、足を運んだんですが」

李奈は不信感とともに応じた。「わざわざそんなことなさらなくても……。尊敬する藤森先生に会いに来ただけです」

篠井が口をきいた。「杉浦さん。なにか独自に動いておられるようですが、取材目的ではないんですか？」

「ちがいます」李奈は否定した。

「ならなおのこと、捜査については警察に一任していただけませんかね。関係者を嗅《か》ぎまわったりすると、こちらにとっても差し障りがありますので」

「関係者というのは、藤森さんや有希恵さんも含みますか？」

「事件の生存者なのですから当然でしょう」篠井刑事は猜疑心《さいぎしん》に満ちた目で、藤森と有希恵をかわるがわる見た。「どうも気になるのですが、まだ警察にお話しになっていないことがあるのでは？　緒林桔平の件だとか」

藤森がわずかに動揺をしめし、李奈に視線を向けてきた。有希恵も落ち着かない態度をのぞかせる。

刑事たちは秘めごとの気配を察したらしい。捜査員としての勘だろうか。あるいは緒林桔平について敏感にならざるをえない、なんらかの理由があるのか。

李奈は篠井刑事にとぼけてみせた。「緒林桔平さんって？」

「火事の犠牲になった作家さんたちが、現場からSNSで発信した不審人物です。断片的に綴《つづ》られた氏名を組み合わせるとそうなります」

「人捜しは警察の仕事でしょう」

「ところが該当する実名は戸籍に皆無なんです。出版各社にペンネームとして、芸能各社には芸名として問い合わせましたが、まったくの空振りでしてね」

吉村医師がからかうような口調でいった。「うちの患者さんにもきかない名ですな」

嶋仲が語気を強めた。「知ってることがあったら話してください」

藤森と有希恵が困惑顔を向けてくる。ふたりとも刑事たちに打ち明けるべきかと目でたずねている。

李奈は嶋仲刑事に質問した。「このあいだの本の件ですけど」

「本？」

「黒磯康太郎の『慟哭の生涯』……」

「ああ。うちの鑑識課員にききました。私から本を受けとったあと、調べようと開いたときには、もう当該のページはなかったそうです」

「……嶋仲さんから受けとったんですか？」

「そうです。私の手から鑑識課員に渡しました」

「でも嶋仲さんは本をポリ袋にいれてから、篠井さんに渡しましたよね」

　ふたりの刑事が顔を見合わせた。いっこうに目が泳ぐことがない。ただ思考を停止したがゆえに感じられる。どちらも相手まかせにし、ポーカーフェイスを貫きたがっている。しかしそれでは膠着《こうちゃく》状態がつづくと悟ったのか、アイコンタクトで無言の会話を始めた。

　ほどなく嶋仲刑事が李奈に向き直った。「篠井に本を預けたのは、先にクルマに戻らせるためです。のちに私も駐車場に行き、一緒に署に帰りました」

「なら」李奈はきいた。「本はずっと車内にあったんですか」

「そうです。署に着き、本の入ったカバンを持って降りたのは、おそらく私だったでしょう。鑑識課員に渡した記憶があるのですから」

「嶋仲さんが駐車場に戻る前、篠井さんがクルマにおひとりでいるあいだ、本を開き

ら」

　篠井刑事がうんざりした表情になった。「開きませんよ。袋からだしていませんか

ましたか」

　すると嶋仲刑事も主張してきた。「私も袋にいれたまま鑑識課員に渡しました」

　李奈はさらに問いかけた。「鑑識課員はどなたですか」

「鑑識課員ですか？」嶋仲が応じた。「諸井《もろい》という四十代のベテランです」

「本に触ったのはその人だけでしょうか」

「そのはずです。ごく簡単な非破壊検査だけだったので」

「諸井さんから本を返されたのは……？」

「私です」嶋仲はじれったそうに藤森に歩み寄った。「西田さん。緒林桔平について、ご存じのことがあればうかがいます」

　すかさず李奈も距離を詰めた。「藤森さん。証言するのは警視庁捜査一課の刑事さんにしてください。江郷さんか徳平さんに」

　中央署の刑事ふたりは、揃って不快そうな顔になった。篠井が反発した。「私たちが話をきくのは、杉浦さんではなく西田さんです」

　だが藤森は篠井刑事を見上げた。「杉浦さんがそうおっしゃるなら、私も賛同しま

す。有希恵とともに、捜査一課の方々にお会いします」

篠井刑事がなにかをいいかけた。しかし嶋仲刑事がとっさに篠井を制した。

「では」嶋仲刑事が憤然と告げた。「本庁捜査一課の江郷と徳平に伝えておきます。捜査本部は中央署にありますので、どうせ私たちも情報を共有しますが」

藤森と有希恵が目でたずねてくる。最初に会話する相手が問題なだけだ。李奈は刑事たちにうなずいた。「かまいません」

ふたりの刑事は特に返事もせず、黙って退室していった。

吉村医師が神妙な顔になった。「なんだかギスギスしてますが、だいじょうぶなんですか」

「ええ」李奈は強がることで不安を覆い隠した。嫌われることを恐れていたのでは前に進めない。ため息まじりに李奈はつぶやいた。「なにも問題ありません……」

18

白金クリーンサービスの社屋内、応接室のソファに、李奈は沙友理と並んで座った。沙友理の精神状態は安定しているようだが、この部屋に来てからは、ずっと浮かない顔をしている。無理もないと李奈は思った。室内のどこに目を向けても、櫻木沙友理のサインが飾られているからだ。

壁の色紙は当たり前。映画化された『最期のとき』と『葵とひかるの物語』のポスターも、サインいりでパネルにおさまっている。さらにガラスキャビネットのなかには、櫻木沙友理著のハードカバー本が、表紙を開いた状態で飾ってあった。見返しに沙友理のサインがある。〝白金クリーンサービス様へ〟と記されていた。

沙友理が苛立《いらだ》たしげに唸《うな》った。「サインのページを破りとってやりたい」

李奈は思わず苦笑した。「もし実行したら、少なくとも動機ははっきりしてますよね」

「ええ。裁判で酌量の余地がつくぐらいに。この会社にはほんと失望させられた」

ドアにノックの音が響いた。李奈と沙友理は立ちあがった。開いたドアから初老のスーツが入室してきた。

男性が深々と頭をさげた。「白金営業所長の板橋《いたばし》です。櫻木沙友理先生こと橘様にお越しいただき、誠に光栄……」

沙友理が遮った。「そんなことはいいです。わたしが不満を持ってることは伝わっていますか」

「はい、あのう、お話があるとのことでしたので、私も時間を空けて待っていた次第でして」

何者かに鍵《かぎ》を渡してしまったブリュノ警備とちがい、ここ白金クリーンサービスは、まだ不祥事があきらかになっていない。しかし櫻木沙友理が激怒している事実は、重く受けとられたようだ。こうして営業所長が駆けつけている。

李奈は板橋所長にいった。「これまで櫻木さんの家を清掃したとき、一回きり参加した臨時雇いスタッフはいませんか。直前に採用し、直後に辞めている人物です」

「はい？　さて。調べてみなければわかりませんが、それはどういう意味で……」

沙友理の声が厳しくなった。「わたしの友達がそうしてくださいといってるんです。ほかに理由が必要ですか？」

「いえ。あのう、そういうわけでは……」

「この会社がなにかやらかしてる可能性があります。ほうっといたら警察沙汰《ざた》になるかも」

板橋所長は露骨にあわてだした。「すぐお調べします。こちらでお待ちください」

おじぎした板橋所長が急ぎ足で部屋をでていく。沙友理がため息をつき、またソファに身を沈めた。李奈も沙友理に倣いつつ、背筋を伸ばし浅く座った。

きょうここを訪ねたのは、曖昧《あいまい》な手がかりを求めてのことではない。怪しむべきは白金クリーンサービスしかない、そう確信したうえで足を運んだ。

沙友理の家のキッチン、食器棚の皿の下から、破られたページが見つかった。賊が侵入したのはつい最近、藤森が嶋仲刑事に『慟哭の生涯』を預けて以降の四日間だ。それよりずっと前に、ブリュノ警備で沙友理の家の合鍵が奪われていた。キッチンのコンセントにはタコ足プラグ型の盗聴器が挿してあった。盗聴器はホームセキュリティの暗証番号を、プッシュ時の音階から解読するためと思われた。

賊が合鍵を入手した以上、沙友理の留守中に玄関を入ることは可能になった。けれども盗聴器をいつどのように仕掛けたか、ここがわからなかった。

沙友理は外出時、セキュリティを外出モードにセットする。玄関のドアがいちどでも開いたら、三十秒以内にキッチンへ行き、操作パネルに暗証番号を打ちこまねばならない。ドアを閉じたところで解除はされない。暗唱番号の入力がなければ警報が鳴り、営業所に自動通報がなされる。しかも沙友理は外出モードの解除後、常にすぐ在宅モードのセキュリティを作動させる。在宅モードでは、室内の動きを察知するパッシブセンサーのみ機能を停止するが、それ以外は厳重な警戒態勢が維持される。また玄関のドアが開けば、今度は三十秒の猶予もなく、ただちに警報が鳴る。

よって賊が鍵を使って侵入し、盗聴器をセットしようにも、その時点で暗証番号がわからなければ通報の憂き目に遭う。沙友理が帰宅したのを見計らい、ドアが閉まる寸前に滑りこんだとしても、その先がどうにもならない。なぜならキッチンの操作パネルのすぐ下に、盗聴器を挿すべきコンセントがあるからだ。沙友理は操作パネルの前に立ち、暗証番号を入力後、ただちに在宅モードをオンにする。彼女の足もとにあるコンセントに、賊がこっそり盗聴器を挿すなど不可能だ。在宅モードが作動した以上、玄関に引きかえしたところで、ドアを開けて逃げるわけにもいかない。

むろん勝手口のドアや家じゅうの窓にも、玄関と同じ開閉センサーが付いている。どこを開けて逃げようが結果は同じだ。開けたとたん警報が鳴る。

のちに賊がふたたび侵入し、破れたページを食器棚の皿の下に隠したときには、とっくに暗証番号を知っていたと考えられる。問題の四日間に警報は鳴っていないからだ。では暗証番号を知るための盗聴器を、前もってキッチンに仕掛けたとして、そのときはどうやって暗証番号を解除できたのか。暗証番号の解除が可能なら、そもそも盗聴器を仕掛ける必要はなかったではないか。

李奈は念のため沙友理にきいた。「素性のわからない誰かを、家にあがらせたことはないんですね？」

沙友理がうなずいた。「これまで来客として迎えたのは、あなたと小笠原莉子さんだけ。ガスの元栓の検査だとか、業者が入ってくるときには、ずっとついてまわってスマホカメラで動画撮影してる」

「徹底してますね」

「女のひとり暮らしの自衛手段として当然と思ってた。でも清掃については、白金クリーンサービスにまかせて外出するのがふつうだった。ちゃんとした会社だからだいじょうぶだと思って」

「そこはブリュノ警備と同様……」

「ええ。信用しすぎてた。もう二度とまかせっきりにはしない」

またノックの音がきこえた。厳かにドアが開き、板橋所長が頭《こうべ》を垂れながら現れる。部下らしき中年男性が同伴していた。詫《わ》びをいれるときには同行人数を増やす。管理職の常なのかもしれない。

板橋所長は血相を変えていた。「失礼します。ひとりだけ該当する者がおりました」

部下の男性が携えてきた履歴書をテーブルに置く。三十代半ばの男性の顔写真が貼ってある。氏名は飯星義男《いいぼしよしお》。住所は目黒区仁沢《にざわ》四‐三‐七‐四〇六。

沙友理の表情が険しくなった。「この人……」

知っている顔だ。李奈も思わず唸った。「偽名ですね」

「偽名?」板橋所長が面食らったようすできいた。「本当ですか」

「本人確認はおこなったんですか」

「その点なんですが、保険証の提示のみで……。白金限定で働きたいという希望で、バイト募集に応募してきました。採用後も事前に現場をきいては、体調不良を理由に休むんです。でも一か月後、橘様邸の清掃作業のみ姿を現して」

沙友理が板橋所長を見つめた。「その後は?」

「無断欠勤が数回つづき、バイト契約は解除になりました。本人が携帯電話を解約したらしく、電話しても通じません。働いた一回ぶんの報酬も、会社に取りに来る気配がないままです。こっちも彼の自宅に押しかけるまではしていません」

李奈は醒《さ》めた気分でつぶやいた。「この住所を訪ねても、保険証を貸すか盗まれるかしただけの、見ず知らずの人が顔をのぞかせるだけです」

履歴書に貼られた付箋《ふせん》に、実際に櫻木邸の清掃に従事した日付がある。ブリュノ警備から鍵が消えたより前になる。しかも汐先島事件の直後ぐらいだ。

清掃業者の一員なら、鍵がなくても邸内に侵入できる。作業中はホームセキュリティも解除されっぱなしだ。この男は難なく盗聴器を仕掛けた。後日、鍵を入手後、自由に出入りするために。

沙友理が立ちあがった。「いますぐ行きたいところがある」

「どちらに？」板橋所長がきいた。

「もちろんこの人のいるところ」

「いるところって……。履歴書の住所にいるのは別人なんですよね？」

「勤め先に押しかけてやるんです」

「そうですね」李奈も腰を浮かせた。「放置はできません。これはあきらかに犯罪ですから」

19

文京区《ぶんきよう》音羽《おとわ》にある雑居ビル、三階のフロア全体が日本月虹社だった。特に部署は分かれていないようだ。間仕切りのない空間に、事務机が縦横に並んでいる。

李奈と沙友理は受付の制止もきかず、足ばやに編集部に乗りこんだ。社員たちが驚きの顔をあげる。

女性社員のひとりが甲高く叫んだ。「さ、櫻木沙友理さん⁉」

どよめきがフロアにひろがる。大手出版社にすら姿を見せない沙友理が、突如として社内に現れた。社員たちは軽いパニック状態におちいっている。周りは総立ちになり騒然としだした。誰もが目のいろを輝かせる。さしずめ学園祭に旬の大スターがサプライズで現れた、そんな場面を彷彿《ほうふつ》させる。

駆けだしてきたのは二十代後半の女性社員だった。病院の前でも顔を合わせた鶴原涼子とわかる。「櫻木沙友理先生！　わざわざご足労いただかなくとも、お声がけいただければ、お迎えにあがりましたのに……」

沙友理の目は涼子から逸《そ》れていた。涼子が最初にいた辺りを、李奈も注視した。事務机は四つから六つずつ合わさり、ひとつの島を形成している。くだんの人物が彼女と同じ部署なら、同じ島にいるはずだ。

わずか数秒で発見に至った。男性社員らが唖然《あぜん》としながら棒立ちになっている。そんななか三十代半ばの矢部庄介と目が合った。

つかつかと沙友理が矢部に歩み寄った。矢部の周りの社員が、驚きと喜びのいろを半々ずつのぞかせる。ただし矢部だけはちがっていた。やたら表情がこわばっている。

沙友理は履歴書を突きつけた。「矢部さん。この飯星義男って誰ですか。双子のようにそっくりですけど」

矢部は頬をひっぱたかれたように痙攣《けいれん》の反応をしめした。悪い予感が当たった、顔にそう書いてある。

社内はしんと静まりかえった。中年のワイシャツが小走りに駆けつけた。「デスクの錦戸《にしきど》といいます。櫻木先生。うちの矢部がなにかご無礼を……?」

錦戸は老眼なのか目を細くし、履歴書の写真を凝視した。ほどなく面食らったようすで矢部に向き直った。「なんだこれは? きみじゃないか。飯星って誰だ?」

矢部はしどろもどろになっていた。「いいえ、あのう……。なにかのまちがいじゃないかと」

李奈は矢部にいった。「ブリュノ警備の白金営業所にも確認をとりました。爽籟社の榎嶋裕也さんを自称し、櫻木さんの家の合鍵《あいかぎ》を持ち去ったのは、写真の人物でまちがいないそうです」

沙友理がつづけた。「通報済みなので、じきに警察が来ます」

社員に動揺がひろがった。錦戸がうろたえだした。「それはいったい……。矢部君、どういうことだ。爽籟社の榎嶋さんなら、生前きみが何度も会いに行ったな? なにか約束ごとでもあったのか」

「いいえ……」矢部の顔からは血の気が引いていた。「特に約束などというものは……」

約束を交わせる仲どころか、会ったことさえ忘れられていたのだろう。それゆえ榎嶋の名刺が二枚入手できた。

錦戸ははっとした。「矢部君。きみが編集会議に提出した、新人作家の小説……。第二の櫻木沙友理さんとして売りだせると営業も太鼓判を捺《お》した、小豆島《しょうどしま》が舞台の小説。あれはひょっとして……?」

沙友理が淡々とあらすじを口にした。「母の葬式の翌朝から、少女が開放的な気分に浸りきって、中年男と結ばれるものの、精神崩壊し殺意がめざめるって話なら、わたしの書きかけの新作です」

おそらく原稿を読んだのだろう、涼子のほか数名の編集者が、一様に愕然《がくぜん》とした。矢部は体裁が悪そうにたたずむばかりだった。

やれやれという顔で沙友理が李奈にささやいた。「仕事部屋のUSBメモリーに、原稿データを保存してた。まだ七章までしか書けてない」

錦戸が矢部に激昂《げきこう》した。「八章以降がとんでもなく質が落ちてたのは、それが理由だったのか。終盤を直さないかぎり出版できないと営業にいわれ、ペンディング状態がつづいたまま、いっこうにつづきの原稿が提出されなかったな!」

矢部は八章以降の原稿を心待ちにし、沙友理の留守中、何度となく家に忍びこんだのだろう。

李奈は矢部を見つめた。「正直に答えてください。櫻木さんの家をどうやって突きとめたんですか」

「あの……」矢部はしきりに目を泳がせた。「なんのことだか……」

「警察が来ます。いいんですか」

それだけは避けたいと思ったらしい。矢部は必死の形相でまくしたてた。「だいぶ前の話ですが、榎嶋さんと櫻木さんの乗るタクシーを尾行しました。櫻木さんだけが降り、お屋敷のなかに帰っていかれました」

「裏仕事掲示板に、櫻木沙友理さんの家を特定できる書き込みがあります。あれはあなたが書いたんですね」

「はい……。申しわけありません。つい自慢したくなって」

小さな罪を認めるときは、大きな罪を隠したがっているとき、そんな一節が有名な探偵小説にある。いまの矢部にも当てはまる。おそらく侵入盗については、なかなか認めはしないだろう。

そう思いながらも李奈はきいた。「ノートパソコンを持ちこみ、ＵＳＢメモリー内のデータをコピーしましたね」

「いえ……。それはちょっとですね、記憶にないというか……」

沙友理が顔を真っ赤にして怒鳴った。「いまさらなんですか！　警備会社も清掃業者も証言してるってのに……」

李奈のスマホが振動した。画面を一瞥《いちべつ》すると、KADOKAWAの菊池からメッセージが入っていた。

藤森智明さんから連絡があった。警察が緒林桔平とみられる人物を特定し、任意同行するらしい。顔の確認を求められているそうだ。

ふたたび李奈は顔をあげた。社内では沙友理が矢部に怒りをぶつけている。矢部は曖昧《あいまい》な答えに終始していた。

窓ぎわで別の社員が外を見下ろしながらいった。「パトカーが来てます！」

社員たちが窓辺に駆け寄った。矢部が茫然《ぼうぜん》と立ち尽くしている。絶望のいろを浮かべていた。

もうあまり時間がない。李奈は事務机の上からスタンプ台をとりあげた。「矢部さん。ここに指を当ててください。指紋をもらいます」

矢部はいっそう表情を凍りつかせた。救いを求めるような目を上司に向ける。錦戸は背を向け、窓辺へと遠ざかった。

　李奈に協力する意思表明により、警察に対し便宜を図ってもらう、その一点に期待しているのだろう。矢部は泡を食いながら、指先をスタンプ台に押しつけた。李奈の差しだす紙に指紋を捺す。両手十本の指紋が揃った。

　へらへらと笑いながら矢部がきいた。「これで警察には突きださないでもらえますか」

「だめです」李奈は沙友理とともに踵《きびす》をかえした。

　制服警官らが踏みこんできた。矢部の悲嘆に満ちたぼやき声がこだまする。李奈と沙友理は下り階段に向かった。

　沙友理が階段を下りながら、しんどそうにつぶやいた。「まためまいがしてきた」

「家で休んでいてください」李奈はいった。「わたしは指紋の鑑定をお願いしてきますから」

20

晴れた日の午後だった。李奈はひとりで白金七丁目にある、小笠原莉子の家を訪ねた。

櫻木沙友理邸ほどではないが、大きめの二階建てだった。李奈が門扉のインターホンを押すと、ほどなく玄関のドアが開き、莉子が出迎えに現れた。ワンピース姿の莉子は和やかな表情で、乳児の悠葉を抱っこしていた。

家のなかにいざなわれる。万能鑑定士Qの自宅は、さぞ芸術性に溢《あふ》れているかと思いきや、モダンでシンプルな内装だった。壁もフローリングも白で統一されているものの、洋館風の過剰な装飾はない。シューズクローゼットに面積が割かれている。機能性重視の造りらしい。

リビングダイニングに入ると、莉子の長女の桜がいた。ソファの上にシルバニアファミリーの〝赤い屋根の大きなお家〟を据え、無数の人形と戯れている。

李奈は愛想よく声をかけた。「こんにちは。桜さん」

照れ屋の桜は、家のミニチュアの向こうに隠れ、人形だけをのぞかせた。相変わらず人形におじぎをさせる。李奈は苦笑した。桜と話そうとすると、いつもショコラウサギの女の子を媒介にされる。

莉子はキッチンで紅茶を淹《い》れたのち、トレーで運んでくると、悠葉を抱いたままダイニングテーブルについた。乳児をあやすには、そちらのほうが楽なようだ。李奈も向かいの席に腰かけた。ショルダーバッグはわきに置く。

李奈は室内を見まわした。「きょうご主人は……？」

「出社日なの」莉子が微笑した。「調査会社は土日の勤務が多くて、その穴埋めに平日の休みがあったりするの。でもきょうはちがってて」

「KADOKAWAをお辞めになられて調査会社に……。ずいぶん変わった転身ですね」

「本人は出版社より向いてるって。同僚は浮気調査とかしてるけど、あの人はおもに、わたしの鑑定業のための裏取りをしてくれてる」

「ああ。本で読みました。フリーランスの鑑定業では、アイテムの背景を調査するのに限界があるとか」

「そう。勝手に個人情報を調べたりできないの。探偵業法に抵触するから。いまはほんとに助かってる」莉子が近くのガラス棚に目を向けた。「たとえばあれの鑑定とか」

棚の上に横たえられた物が三つ、いずれも古びた瓦《かわら》に見えた。だがよく観察すると、和本の古書だとわかった。

「失礼します」李奈は腰を浮かせ、棚に近づいた。糸で綴《と》じた本は修復の痕《あと》もなく、当時のままのようだ。思わず感嘆の声をあげた。「曲亭馬琴《きょくていばきん》著『南総里見八犬伝』ですね」

「そう。残りは二階にあるの」

「残りって……。まさか全巻揃ってるとか?」

「ええ。全九輯九十八巻、百六冊。三冊ずつ調べてるの。そこに手袋あるでしょう。嵌《は》めて本を開いてみて」

臆《おく》した気分で白い手袋を嵌める。一冊は褐色に染まっているが、ほかの二冊は表紙に青みが残る。歳月を経た瀬戸物の柄のようでもある。

そっと表紙を開く。柳川重信《やながわしげのぶ》や渓斎英泉《けいさいえいせん》による、おどろおどろしい絵に、千形仲道《ちかたなかみち》の浄書が添えられる。当時の日本最大の長編伝奇小説、いわばラノベホラーの始祖といえる。

李奈は息を呑《の》んだ。「状態が良すぎ……」

「持ち主もそこが気になってるって。『南総里見八犬伝』はものすごく人気があったけど、年間の発行部数は五百ていどだったらしくて、たいてい貸本でボロボロになるまで読まれてる。こんなに綺麗《きれい》なのはめずらしいの」

「あー。それで真贋《しんがん》の鑑定中なんですね」

「版元のちがいは知ってる?」莉子がきいた。

「はい」李奈は応じた。「第五輯までが山青堂《さんせいどう》、六と七は涌泉堂《ゆうせんどう》、八と九が文渓堂《ぶんけいどう》ですよね」

「そう。それぞれの板木に特徴がある。印刷の質も時季によって変わってくるでしょう」

「板木が湿気で伸びたり、乾燥して縮んだり、反ったりするからですね」

「第四輯巻之二、文政《ぶんせい》三年の初摺《しょずり》のわりには変形が見られる気がする。第七輯巻之三も、涌泉堂による印刷と特徴が異なるかも。どう思う?」

李奈は吹きだした。「わたしにはなにも……。拝見したのも初めてですし。持ち主さんがどういう経緯で本を入手したか、そっちのほうが重要かもしれません」

「そのとおり」莉子が笑みを浮かべた。「だから調査業のバックアップがあると心強くてね。明治《めいじ》大学所蔵の板本を借りる交渉も、夫がしてくれてるし」

「初摺本ばかりですよね、明治大学にあるのは」李奈は手袋を外すと、ダイニングテーブルに戻った。「ご夫婦揃っての鑑定業うらやましいです。でもこちらのお宅、ホームセキュリティとかは……?」

「ブリュノ警備と契約するよりは安全でしょう？」

「それはそうですけど、本物ならあまりに貴重だと思いますので」

「怖いもの知らずの二十歳ぐらいから始めたから……。なにを預かっても慣れちゃってて」

乳児をあやす莉子の穏やかな顔を、李奈はただ眺めた。本で読んだ印象よりも、『ヤングエース』に連載されていた、漫画の凜田莉子に近いように思える。ふっくらしているせいだろうか。余裕のある落ち着いた態度は、歳というのはこんなふうに重ねていくものだ、静かにそう主張しているようでもある。

莉子が顔をあげた。「だいたいのことは、櫻木さんからのメールで知ったけど……」

「ええ」李奈はショルダーバッグを膝《ひざ》の上に載せた。

持ってきた物は、それぞれ手ごろな大きさの箱におさめてある。まず食器棚の皿が二枚、別々の箱に一枚ずつ。重ねてあったいちばん上と、いちばん下の物になる。それに沙友理の仕事部屋にあったUSBメモリー数本。これも一本につきひと箱ずつの収納。どれも箱の蓋《ふた》だけを外し、中身を取りださないままテーブル上に並べる。

莉子が腰を浮かせ、乳児をベビーベッドに寝かせた。母親が笑顔を向けると、悠葉は泣きだすこともなく、おとなしくベッドのなかにおさまった。

テーブルに戻ってきた莉子は、いくらか職人っぽさを漂わせていた。「布に包んだりしなかったのね。勘が冴《さ》えてる」

「擦《こす》れたら意味がなくなると思いまして」李奈は紙を二枚とりだした。日本月虹社で無理やり捺《お》させた矢部庄介の指紋と、沙友理が提供してくれた指紋だった。「これらがサンプルです」

「まってて」莉子がガラス棚を開けた。ルーペやハケ、粉の入った小瓶、ハンディタイプの鞴《ふいご》をテーブルに並べていく。「さて。ひさしぶりのチャレンジ。牛込《うしごめ》署の葉山《はやま》さんが見たら褒めてくれるかな」

李奈はいった。「例のタコ足プラグ型盗聴器ですが、高輪《たかなわ》署の鑑識が調べたところ、指紋は検出されなかったそうです。USBメモリーも何本かは署のほうに預けたけど、そっちの鑑定はこれからときいてます」

「ここにあるUSBメモリーは警察に提供しなかった？」

「櫻木さんが必要といって、わざと提出しませんでした。もちろん小笠原さんに調べてもらうためです」

莉子はうなずくと手袋を嵌めた。まず皿をそっと持ちあげる。「本来ならこのお皿も、警察が調べるべきなんでしょうけど……」

「高輪署だから、だいじょうぶだとは思うんですけど、いちおう念のために……」

「ええ。信用できないのなら、その判断でいいと思う」莉子は小瓶の蓋を開けた。ハ

ケの先に軽く粉をつけ、皿の上に浮かしながら、器用に柄を弾《はじ》く。粉を皿の表面にま

ぶしていく。

　李奈は心配ごとを口にした。「盗聴器から指紋が見つからなかったという報告も、信じていいんでしょうか？　矢部さんがあれを仕掛けてから、ずいぶん月日が経ったせいで、指紋が消えたとか？」

「それは材質によるの。盗聴器の表層はプラスチックだったでしょう。滑らかで皮脂を吸わないから、あまり触らなければ指紋は長く残る。あの盗聴器はコンセントに挿しっぱなしだったし、ふつうなら指紋は検出されると思うけど……」

「そのお皿も誰かが触れれば、指紋は長く残りますか？」

「もちろん。すべすべした陶器だし、櫻木さんもずっと食器棚に放置してたんだし」

莉子が小型の鞴を手にし、微量の空気を皿に吹きつける。ルーペで丹念に眺めだした。

　李奈はたずねた。「どうですか？」

「んー」莉子はもう一枚の皿にも同じようにした。サンプルの指紋と見比べる。浮か

ない顔で莉子はいった。「櫻木さんの指紋しかない……」

「本当ですか?」

「ええ。矢部さんの指紋は渦巻きに特徴があるから、画像化して重ねてみるまでもなく、櫻木さんのと区別できるの」莉子はため息をついた。「白金クリーンサービスは作業中、ビニール手袋をするのがふつうでね。矢部さんがそこに交ざってたのなら、盗聴器を取り付けたときには、手袋をしてたんでしょうね」

「後日また忍びこんで、お皿の下に破ったページを隠したときもですか」

「たぶんね。これらの櫻木さんの指紋は当然、破られたページを発見したときについたんでしょう」莉子は皿をテーブルに置き、USBメモリーを調べだした。やはり粉をまぶし、鞴で空気を吹きつける。ルーペで観察を始めた。「あれ?」

「……なんですか?」李奈は莉子を見つめた。

莉子は眉間《みけん》に皺《しわ》を寄せ、サンプルの指紋と見比べた。「こっちにも櫻木さんの指紋があるけど……。矢部さんの指紋もある」

思わず席を立った。李奈は歩み寄りながらきいた。「まちがいないですか」

「見て」莉子がルーペを手渡してきた。「USBメモリーは抜き挿しするとき、親指をしっかり押しつけるでしょう。だから拇印《ぼいん》を捺したかのように、指紋がくっきり残るの」

素人の分際で見分けられるだろうか。不安を感じながらルーペをのぞく。李奈は面食らった。白い粉は驚くほど鮮明な指紋を浮きあがらせていた。しかも莉子がいったように、矢部の特徴的な渦巻きは、初見でも充分に視認できた。沙友理の指紋についても、サンプルと比較すれば一見して共通点がわかる。

莉子はほかのＵＳＢメモリーも調べた。「すべて同じようにふたりの指紋がついてる。高輪署の鑑識課もきっと、提供されたＵＳＢメモリーから指紋を検出したでしょう」

李奈はため息を漏らした。「矢部さんの侵入盗は立証されたわけですね。本人の自白どおり、櫻木沙友理さんの原稿データを盗んでた。でも……」

「それならお皿に指紋がないのが不自然」

「ですよね」李奈は椅子に戻った。「盗聴器を仕掛けたときは、清掃スタッフの一員だったから、ビニール手袋を嵌《は》めてました。でも後日ＵＳＢメモリーの原稿を盗んだときには、手袋を嵌めてなかった」

「矢部さんの指紋は時間を置いて、何度も重なり合ってる。いちどの侵入でうっかり手袋をし忘れたんじゃなくて、毎回嵌めてなかったとわかる」

「破られたページをお皿の下に隠したときにも、手袋なしじゃなきゃ変ですよね」

白金クリーンサービスの清掃スタッフとして、まず盗聴器を仕掛け、ブリュノ警備の営業所から合鍵《あいかぎ》を奪った。音から暗証番号を解読し、以後は沙友理の留守中、家に出入り自由。しかし矢部は食器棚の皿には触れてもいない。彼の目的は、櫻木沙友理の原稿を盗むことだけだった。

莉子はUSBメモリーと皿を箱に戻し、手袋を外した。「残念ね。推論は振りだしに戻った？」

……そうではない。にわかにひとつの考えがまとまりだした。もう疑いようのない事実になりつつある。

「あー」李奈は両手で顔を覆い、椅子の背もたれに身をあずけた。「憂鬱《ゆううつ》」

「杉浦さん」莉子が静かにきいた。「真実にたどり着いた？」

李奈は身体を起こした。「なんでそう思うんですか」

「わたしも経験があるから」莉子が微笑みを浮かべた。「ただ混乱してるだけなら、憂鬱なんか感じない。ちがう？」

「……おっしゃるとおりです。真相がわかりました」

唐突に謎が解けたりはしない。頭の片隅で気になっていたことが、徐々に肥大化していき、やがて目を背けられなくなる。出版界のできごとだけに、謎解きには小説家としての知識が助力となる。今度もそうだった。警察官のなかに善人がいたとしても、捜査の障壁になるのは、出版界特有の闇の部分にちがいない。ビジネス上の独特な習慣なり思想なりが、世の常識と乖離《かいり》しているため、真相の究明を困難にする。出版人の端くれ、売れない小説家にすぎない李奈でも、業界のことはわかる。よって真実に近づける。

ただ厄介なのは、その真相をどう伝えるかだ。明智小五郎《あけちこごろう》は小説のなかで、幾度となく素人探偵呼ばわりされているが、李奈の立場はそれ以下だった。社会的になんの権限もない、認知度も極めて低いラノベ作家。まともに話をきいてもらえるかも疑わしい。

李奈はぼやいた。「小説の探偵は、関係者一同を集めて謎解きを披露するじゃないですか。よっぽど自信があるんでしょうか。でなきゃやれませんよね」

莉子が首をかしげた。「小説家さんなら、そのあたりの心理もわかって書いてるんじゃないの？」

「わからなきゃ駄目なんでしょうか……。でもそうともかぎりませんよね。売れてるミステリ作家さんたちが名探偵ってわけじゃないし。やっぱ才能なんでしょうか。論理的になればなるほど、創造性は失われるっていうし」

「レイモンド・チャンドラーの言葉ね」

李奈は莉子を見つめた。「小笠原さんも読書がお好きですか」

「十八で上京するまでは全然。それ以降は完全にハマっちゃって」

「チャンドラーの言葉どおりですよ……。こんなふうに実際の事件を追いかけてるうちに、小説家の思考からどんどん離れてく気がします」

「杉浦さんは賢い人でしょう。櫻木さんは命の恩人だっていってる。岩崎翔吾さんに関するノンフィクション本も読んだけど、純粋に感心したし」

「万能鑑定士Qにはかないませんよ……」

「なんで?」莉子が見かえした。「杉浦さん。憂鬱なのは真相を伝えることよりも、自信がないからじゃなくて? 責任の重さを考えると、気持ちが沈まざるをえないとか」

図星だった。あまりに的確すぎる表現といえる。李奈は視線を落とした。「おっしゃるとおりです……」

「真実をあきらかにすることが、誰かの人生を左右するとわかっていれば、緊張もするよね」

「そんな大それたものではなくて……。まちがってたら怖い、ただそれだけです。汐先島でも失敗しました。それこそ探偵みたいに、全員が集まった部屋で推論を口にして……。まるっきり勘ちがいだった。櫻木さんを危機にさらしたんです」

「でも最終的に助けられた。そうでしょう？」莉子が穏やかに告げてきた。「杉浦さん。真相を伝えるとき怖くなるといえば、わたしなんか毎回そう。鑑定結果を言葉にするのが仕事だから」

「あー。たしかにそうですよね……」

「自分だけが気づきえた真相を口にするわけでしょう？　責任の重さに声が震えてくるの」

「小笠原さんがですか？　いつも自信に溢《あふ》れてらっしゃるようにお見受けしますけど」

「とんでもない。でもなぜ怖くなるか考えたことがある。たぶん答えはひとつ。事実をみいだしたとたん、人は孤独になるから」

「孤独ですか……」

「それまでとちがって、自分ひとりだけが疎外される。特殊な立場に置かれることで、気分が昂揚《こうよう》する性格なら、小説のなかの探偵向きでしょう。わたしはちがったの。あなたと同じように、根本的にまちがってるかもしれないって、強い不安にもとらわれた」

李奈は首を横に振った。「小笠原さんは勇気ある人ですよ。でなきゃあんなにたくさん難事件を解決できません」

「難事件にいっこうに動じなかったのは、わたしじゃなくて浅倉絢奈《あさくらあやな》のほう」

「特等添乗員αですか」

「そう」莉子は真顔になった。「わたしはいつも怯《おび》えてた。鑑定ってのは物的証拠の積み重ねだけど、それ自体に意味はないんじゃないかって。物質的な証拠なんて、解釈の仕方でどうにでもなる気がして」

「明智もそういってましたよね。乱歩の『D坂の殺人事件』で……」

「小説がいつも頭に浮かぶのね。ならガストン・ルルーの『黄色い部屋の秘密』の一節も知ってるでしょう?」

「〝目に見える事実は、見方によってはどうにでも解釈できてしまうので、事実をもとに推理すると、しばしば判断を誤ることがある〟」李奈は腑《ふ》に落ちなかった。「どうも納得いきません……」

「杉浦さんはどう思ってるの?」

「物的証拠こそ絶対でしょう。ミステリのなかで探偵が心理を重視してるってのは、そのほうが作家にとって書きやすいから……。心理を読んでそのようにわかったと探偵がいえば、論理的な筋道を説明する必要がないからです」

「んー」莉子は苦笑した。「杉浦さん。ちょっと業界に毒されすぎてきてない？」

「そうでしょうか……？」

「わたしも鑑定を重視しすぎて、心理を疎《おろそ》かにして、大きな失敗をしそうになったことがある」

「……モナリザ事件ですか？」

莉子がうなずいた。「あなたはもっと聡明《そうめい》なはず。たとえばね、数十年にわたり大活躍した作家がいたとする。大手出版社からどんどん本をだした。KADOKAWA、講談社、幻冬舎、集英社、新潮社、白泉社、小学館、岩波書店、東京創元社、早川書房。でも健康を害しちゃって、十年ぐらい前に断筆宣言をした」

「作家業から引退ですか。藤森さんみたいな状況ですね。そんなに引く手あまただったのに悲しいですね……」

「知り合いの編集者たちが何度呼びかけても、作家はけっして首を縦に振らなかった。ところが最近、ある編集者が声をかけたとき、作家はふたつ返事で新作を書くといった」

「へえ。……なぜですか？」

莉子はたずねかえしてきた。「なぜ？」

「さあ。すごく高い印税率を提示されたとか、初版部数が多かったとか……」

「そういうことじゃないの。印税率は据え置き、部数はむしろごく少なかった」

「えー？　そんなことありえますか？　大御所の作家さんはたいてい頑固なのに」

「ええとね……」莉子はなぜか戸惑いのいろを浮かべた。「じゃこれは？　すごく独創性に満ちてて、読者もみんな感心しきり。ほかの誰も思いつかないって、みんなが太鼓判を捺《お》す内容。なのに著作権が認められない」

「ああ。著作権法で保護されるのは文章だけですよね。アイディアは保護されません」

「そうじゃなくて、あらゆる本や雑誌に、一字一句同じ内容が掲載されてるの。まぎれもなくその人の独創性の賜物なのに、世のなかが著作権を認めようとせず、無断転載されてばかり。なぜだかわかる？」

一字一句ということは文章だ。それで独創性に満ちているのなら、著作権に保護されないのはおかしい。李奈には理解できなかった。「作者が亡くなって七十年以上経ってるとか……?」

「いいえ。まだ若くて現役の人」

「ならなぜ著作権が認められないんですか。わかりません……」

　莉子が失望のいろをのぞかせた。李奈はぼんやりと気づきだした。どうやら莉子は李奈に謎解きをさせ、自信をつけさせようとしているらしい。ところが李奈の頭にはなにも浮かばなかった。万能鑑定士Qにとっては簡単な問題なのかもしれない。きっと李奈を買いかぶっているのだろう。

「では」莉子は気を取り直したようにいった。「これはどう思う? 装丁も印刷も製本も完璧《かんぺき》な、有名作家の小説がある。わたしは読みだしたら夢中になって、最初の四十ページ余りを一気に読んだうえ、いまもつづきが気になってる。でも世間はわたしが本を読んでいると認めてくれない。その理由は?」

　莉子の意図を知ればこそ焦燥に駆られる。李奈はうわずった声で応じた。「だ、誰も小笠原さんが読書してるとこを見なかったから……ですか?」

「じゃなくて、みんな知ってるとしたら?」

　李奈はうろたえだした。嫌な汗が滲《にじ》みでてくる。思わず両手で頭を抱え、情けない呻《うめ》き声を発した。

桜が人形を手にしたまま、驚いたように駆けてきた。乳児の悠葉がぐずりだした。莉子も立ちあがり、心配そうな顔で李奈をのぞきこんだ。「だ」莉子があわてながらきいた。「だいじょうぶ？　杉浦さん。ごめんね」

「いえ……いいんです。自分の頭の鈍さを痛感してます。今後直面する責任の重さにも耐えられなくて……」

莉子はなおも気遣わしげに見つめていたが、やがて安堵《あんど》したように微笑んだ。「杉浦さん。あなたはやっぱり昔のわたしに似てる。いまはまだ成長の途中ってだけ」

「小笠原さんは鑑定家として大成されましたけど、わたしは理想の職業から、どんどん離れてくだけです……」

「そうじゃないってば。真実の追究が小説家の空想性と相反するとはかぎらない。事実に立脚すれば、より奥深いものが書けるかもしれないでしょう？」

「奥深いもの……ですか」

「ほとんどの小説家は、本当に探偵のような謎解きに挑戦したわけじゃないでしょう。あなたの場合はそのチャンスに恵まれてるの」

チャンスに恵まれている。小説家にとって前例のない経験。それはそうかもしれない。架空の物語を練りあげるのとは別の領域で、脳の一部が着実に鍛えられている気もする。

莉子がいった。「〝わたしは行動する人間を疑いなく称賛する〟」

やはりチャンドラーの言葉だった。李奈はゆっくりと立ちあがった。「ありがとうございます、小笠原さん……。真実から逃げずに、あと少し頑張ってみます」

「杉浦さんならできる」莉子はふと思いついたように付け足した。「あと、小笠原さんじゃなく、莉子さんと呼んでほしい」

「……馴《な》れ馴れしくないですか。小笠原さんと呼んじゃ駄目ですか？」

「いえ」莉子は首を横に振った。「でもなんだかまだ慣れないの。これが小説だったら、読者には夫と区別がつきにくいでしょう。それと同じ」

21

正午すぎ、李奈は沙友理とともに、日本橋兜町の中央署に出向いた。ショルダーバッグを携えているのは、重要な物を持参したからだ。

受付の女性警察官に声をかけると、上り階段へと案内された。ところが上り口付近に制服警官らが群れていて、ふいに行く手を阻まれた。少々おまちを、女性警察官がそういった。

李奈が顔を知らない刑事たちが、ひとりの男性を連行していく。染めた髪がだらしなく伸びている。やけに痩《や》せ細った身体に、肩が余っている派手なジャケットを羽織る。年齢は三十代ぐらい、とろんとした目つき、無精髭《ぶしょうひげ》を生やしていた。

沙友理がささやいた。「あの人……」

「ええ」李奈は小さくうなずいた。

イエロー・チーバくんこと緒林桔平。いや正確にはそう目される、黄いろいチーバくんをプロフィール欄に貼りつけていたブロガー。最後の画像から一年経ってもいないのに、ずいぶん老けこんだ印象がある。ひどく落ち着かなそうに、辺りを見まわしたり、ときおり呻き声を発したりする。手錠や腰縄はない。刑事たちもわりと丁重な態度をしめしている。まだ重要参考人の段階だからだろう。

一行が階上に消えると、女性警察官の案内が再開された。李奈と沙友理はいざなわれるまま階段を上った。

やがてひとつのドアを入った。多目的室らしく、がらんとした広いスペースに、パイプ椅子やテーブルが点在している。女性警察官は立ち去った。

馴染《なじ》みの顔ぶれが手持ち無沙汰《ぶさた》そうに、室内のそこかしこにいる。窓ぎわで吉村医師が振りかえった。きょうはスーツ姿だった。ほかに四十代のスーツ、リゼロッテ東京ホテルの別館管理課長、鹿島がたたずむ。ふたりとも揃って頭をさげてきた。

部屋の隅には貞藤功の妻、安川久枝が立っていた。前かがみになり、車椅子の藤森と言葉を交わしている。やはり顔をあげ、こちらにおじぎをする。藤森もそれに倣った。わきに有希恵も立っている。やはり微笑とともに会釈した。

李奈は鹿島と久枝に紹介した。「櫻木沙友理さんです」

「ああ」鹿島が目を輝かせた。「あの有名な」

久枝のほうは特に感動もしめさず、黙って頭をさげた。沙友理もおじぎをかえした。

知っている人々が一堂に会するとは興味深い。李奈はいった。「みなさんお集まりだったんですね」

吉村医師が不満そうに応じた。「警察が西田さんに容疑者の確認を求めたとかで、医師もひとり同行してくださいと、病院に要請があったので」

車椅子の藤森も浮かない顔でうなずいた。「入院中の患者には医師の付き添いをお願いする原則だそうです。吉村先生は主治医でも、専門は脚なのに」

「ええ」吉村はあきらめぎみに苦笑した。「後遺症の発作を心配しているのなら、私では対処できませんよといったんですが、警察は形式だけクリアできればかまわないらしい。私も暇じゃないんですがね」
有希恵が頭をさげた。「申しわけありません……」
「いいえ。有希恵さんが謝ることではないですよ。警察の無作法には抗議を申しいれたいところですが」
李奈は安川久枝に挨拶《あいさつ》した。「その節はどうも……」
久枝が淡々と告げてきた。「ずっと警察に相談していましたら、きょう容疑者が連
行されると伝えられましてね。確認は藤森さんがおこなうとききましたけど、わたし
も立ち会いたいとうったえまして」
「まだ容疑者でなくて、重要参考人だと思いますが」
藤森が当惑をしめした。「いかにもそうです。しかしどのように確認するのでしょ
う。緒林さんらしき人が見つかったとして、私が対面するんでしょうか」
ドアにノックの音が響いた。返事もまたずドアが開いた。五十インチほどのサイズ
のテレビが、キャスター付きのラックに載せられ、室内に搬入されてくる。ラックを
押すのは二十代の刑事ふたり、嶋仲と篠井だった。ふたりとも愛想のない顔で李奈を
一瞥《いちべつ》する。テレビは部屋の隅に運び、電源コードとLANケーブルを壁に接続しだし
た。

ほかにふたりの刑事が入ってきた。いずれも警視庁捜査一課、四十代前半ぐらいの江郷と、三十代後半とおぼしき徳平。

江郷がいった。「えー。お時間をいただきまして恐縮です。いま参考人を事情聴取しておりまして、画像がこちらのモニターに表示されます。顔をご覧になり、お気づきの点があればうかがいますので」

このようなかたちで面通しがおこなわれるとは知らなかった。マジックミラー越しに取調室のなかを確認するのではないのか。ミステリも書かねばならない小説家としては気になる。李奈は徳平に歩み寄った。「あのぅ。映像で面通しをするんですか」

徳平が面倒くさそうな顔で見かえした。「面通しというか……。参考人について情報がかぎられているので、複数のかたに確認をお願いするんです。面通しは被疑者が対象です」

「これはなんというんですか？　面通しじゃないんですよね？」

「小説に書かれるんですか」

「……知識として気になりまして」

やや当惑ぎみに、徳平が江郷に歩み寄り、ぼそぼそと話しかけた。江郷が硬い顔で応じる。こんなときに空気を読まない質問だっただろうか。李奈が肝を冷やしていると、徳平が戻ってきた。

「ええと」徳平が真顔でささやいた。「確認作業……」

「確認作業？　それが正式名称ですか？」

「被疑者の場合は面通しや面割りといいますが、この段階の証言は、まだ裁判の直接証拠というわけでもないですし、特に名称とかは……」

嶋仲刑事がいった。「準備できました」

テレビモニターの接続が終わったらしい。まだ画面は点《つ》いていなかった。江郷刑事が室内にいる人々に順に話しかけた。「西田さん、懇親会当日のことを想起していただき、緒林桔平を名乗った人物かどうかをお答えください。鹿島さんも面識があるか否かご確認ください。安川さんも、もしどこかで見かけたおぼえがあれば、遠慮なくおっしゃってください」

江郷刑事の指示で、篠井刑事がモニターの電源をいれた。映像はすぐに現れた。きわめて鮮明だった。取調室とはちがい、それなりの広さがある部屋だとわかる。会議室の一角かもしれない。長テーブルを前に、さっきの痩せ細った男性が椅子に座っている。背を丸くし、絶えず視線を落としていた。隣に高齢の女性が着席した。いま到着したばかりのようだ。顔がよく似ている。母親かもしれない。

音声はなかった。スーツの腕がペットボトルの茶を差しだす。男性と母親らしき高齢女性、ふたりの前にそれぞれ置かれた。高齢女性が頭をさげた。男性は無反応だった。

リゼロッテ東京ホテルの鹿島は、ただ首をひねった。安川久枝もじっと画面を見つめていたが、やがてため息まじりにうつむいた。記憶にある顔を目にしたとは思えない反応だった。

しかし藤森は目を丸くしていた。にわかに激しい動揺をしめし、近くの有希恵を見上げる。

有希恵もうろたえながら藤森を見下ろした。「お養父《とう》さん……」

「あのう」藤森が江郷刑事にいった。「正直、これを拝見するまで、自分の記憶がたしかかどうか自信がなかったのですが……。観たとたんに思いだしました。懇親会にいたのはこのかたです」

江郷刑事がいろめき立った。「緒林桔平を名乗る人物ですか」

「まちがいありません」藤森は有希恵にきいた。「なあ？」

「はい」有希恵が大きくうなずいた。「わたしもはっきりと想起できました」

久枝が興奮ぎみに歩み寄った。「この人が放火犯の可能性があるのですか？」

「いえ」藤森があわてたように久枝を制した。「そういうわけでは……。ただ招待を受けず懇親会にでて、自作の小説を見せてまわっていたのが、彼だというだけです」

江郷刑事が藤森にいった。「あなたはこの人物から、防炎カーテンの陰に隠れるよう助言を受けた。そこもまちがいありませんか」

「ええ、それも事実ですが、まだ犯人ときめつけるわけには……」

「貴重な証言をありがとうございます。西田さんのお名前はだしませんのでご安心を」

藤森が戸惑い顔で江郷に問いかけた。「この人は小説をお書きなのですか」

「西田さんの証言に近い小説がネット上で発見されました。投稿者が彼かどうかの確認はこれからです。では担当刑事に連絡しますので、少々おまちください」

江郷と徳平、警視庁捜査一課の刑事ふたりが、足ばやにドアへと向かいだした。

李奈はとっさに声を張った。「もうひとつご覧になっていただきたい物があります！」

一同が妙な顔で李奈を見つめた。沙友理も眉《まゆ》をひそめた。「杉浦さん。いきなりなに？」

「いまモニターに映っている人の顔と同じぐらい、いえもっと重要な物です」

徳平刑事が眉間《みけん》に皺《しわ》を寄せた。「のちほどうかがいます」

「いいえ」李奈は譲らなかった。「刑事さんたちもぜひお立ち会いください。小説でいえばいまは佳境です。謎解きの章まで来ました。この場で真相があきらかになります」

吉村医師が気遣わしげなまなざしを向けてきた。「私は脚が専門なので、たしかなことはいえないが……。杉浦さん、だいじょうぶですか。少し休まれては？」

江郷刑事がじれったそうにいった。「杉浦さん。うちの山崎や佐々木から、あなたは控えめで思慮深い人とうかがっています。大きな声をだされること自体が少々意外ですが」

それはそうかもしれない。以前には考えられなかったことだ。しかし立てつづけに刑事事件に巻きこまれれば肝も据わってくる。李奈はいった。「日本人は和を重んじ、周囲への思いやりを欠かしません。ですから探偵が独断と偏見で謎解きを披露する、欧米式の結末は不自然でそぐわないと、編集者にもよくいわれます。でも重要な事実の前には、遠慮などなんの意味も持ちません」

「ご高説は結構ですが」江郷刑事がしかめっ面になった。「私たちも遊んでいるんじゃないんです」

「岩崎翔吾さんの事件のとき、山崎さんや佐々木さんは耳を傾けてくださいました。その結果がどうなったかご記憶でしょう」

「いったいなにを見ろというのですか」

李奈は携えてきたショルダーバッグから、ハードカバー本をとりだした。ショルダーバッグは床に置き、さらにサインペンと下敷きも手にとる。

ハードカバー本は『トウモロコシの粒は偶数』。杉浦李奈著、KADOKAWA刊。真んなかあたりのページに、無造作に下敷きを挿しこみ、そこを開いた。見開きの右側は168ページだった。

サインペンのキャップを外した。李奈はつぶやいた。「わたしのサインなんて、ほとんど望まれたことがないんですけど」

168ページの本文の上に、大きくサインをする。それを一同に見せた。

徳平刑事が憤りとともにドアに急ぐ。「なんだか知らないが、茶番はまたにしてください」

「おまちを」李奈は声をかけた。手早く本を閉じ、サインペンと下敷きをショルダーバッグに戻す。李奈は歩きだした。本を嶋仲刑事に差しだす。「お受けとりください」

「なんですか」嶋仲が怪訝《けげん》そうに本を手にとった。

「篠井さんに渡してもらえますか」

嶋仲刑事が同僚の篠井に向き直った。篠井刑事はためらいがちに本を受けとった。

李奈は江郷刑事を振りかえった。「じつは以前これと同じことがあったんです。藤森さんの所有物、黒磯康太郎著『慟哭の生涯』。176ページに黒磯さんのサインがありました。火災が起きた現場にあった物なので、嶋仲さんに没収されました」

迷惑げな面持ちで嶋仲が江郷に説明した。「西田さんが提出せず所持していたので、証拠品としてお借りしました。鑑識課員が調べたのち、すみやかに返却しています」

「でも」李奈は嶋仲に目を戻した。「サインのページが破られていました」

「最初から破れていたと申しあげたでしょう。本を受けとったのはあなたです。杉浦さんのいたずらと考えるのがむしろ自然です」

「そうでしょうか」李奈は篠井刑事に目を移した。「すみません。いまわたしがサインしたのは168ページでした。ご確認いただけますか」

篠井刑事が渋い顔で本を開き、ページを繰る。嶋仲刑事が苛立《いらだ》たしげにそれを見守っている。

ところが篠井の表情が変わった。焦燥のいろが浮かんでいる。さかんにページを行ったり来たりする。やがて茫然《ぼうぜん》と顔をあげた。「破りとられてる……」

「なに⁉」嶋仲が本をひったくった。「貸してみろ。168ページ……」

しばし沈黙があった。江郷刑事がたずねた。「どうしたんだ」

「……ありません」篠井刑事が開いた本を江郷に向けた。ページが半分以上破られていた。いびつな三角形の残骸《ざんがい》だけがある。そこにサインの一部が残る。

藤森が目をぱちくりさせた。「なぜですか？　さっきまでたしかに……」

李奈は沙友理に視線を向けた。「櫻木さん。ポーチのなかを見てください」

沙友理は小さなポーチを手にしていた。奇妙な顔で李奈を見かえすと、ポーチを開け中身を調べる。

「あっ」沙友理が愕然《がくぜん》とした。「な、なにこれ……？」

折り畳まれた紙が取りだされる。沙友理の震える手が紙を開いた。

それは小説の一ページだった。李奈のサインがある。沙友理が驚きの表情を周りに向けた。誰もが同じ反応をしめしている。

篠井刑事があわてぎみに歩み寄った。開いた本を差しだす。沙友理が破られたページを本にあてがった。

「ぴったり合う」沙友理が信じられないようすでささやいた。「まちがいなくここから破りとられたページ……。サインも分断されてるけど、一ミリのズレもなく合致します」

江郷刑事もそこに近づいた。本と破られたページ、断面の一致を確認する。険しい面持ちで江郷がいった。「杉浦さん。面白い余興ではあるが、いったいなんの意味があるんですか」

「『慟哭の生涯』は嶋仲さんから篠井さんへ、そして鑑識課の人に渡ったのち、わたしのもとに返されました。ところがサインのあったページが失われていた。わたしは警察の誰かのしわざだと考えました」

篠井刑事が江郷刑事に弁明した。「ページを破ってなどいません。いまご覧になったとおりです」

「ええ」李奈はうなずいた。「『慟哭の生涯』の176ページは、櫻木沙友理さんのご自宅から見つかりました。藤森さんが嶋仲さんに本を没収された時点では、まだ176ページは無事だった。その後の四日間に何者かが、櫻木さんの家に侵入し、破ったページを置いていったと考えられます」

嶋仲刑事が声を荒らげた。「ありえない！　本はずっとこの署内で管理されていました」

「そうです」李奈は床に置いたショルダーバッグから、もう一冊のハードカバーをとりだした。『火樹銀花』だった。最初のページを眺めながら藤森の前に立った。「藤森さん。第一章の書き出しです。〝悪夢は目覚めとともに消えるのが常だ。なんともいえない気分の悪さだけが、寝起きのぼんやりとした頭のなかに残る。〟……つづきはなんですか?」

車椅子の藤森が見上げた。戸惑いがちに苦笑を漏らした。「二十六年も前に書いた小説です。おぼえていません」

「ならいまこのつづきを書くとして、どんな文章になりますか。この本の物語に沿っていなくてもかまいません」

「そんなものは……。容易に思いつくものでは……」

「そうですか? 小説家なら誰でも、文章のつづきは自由に思い浮かぶはずです。ふだんそれが仕事ですから。いいからつづけてみてください」

「……せっかくですが、もう私は引退した身なので」

「〝悪夢は目覚めとともに消えるのが常だ。なんともいえない気分の悪さだけが、寝起きのぼんやりとした頭のなかに残る。〟この先です。一文でいいので、思い浮かんだものをおっしゃってください」

「そんなことしてなんになるんですか」

「作家によって千差万別ですが、小説はある種の定型や韻律を持ちます。編集者が百人いたら百人とも、プロの小説家が考えた文章かどうかわかります」

有希恵が不安のいろをのぞかせた。「杉浦さん。いったいなにを……？　お養父《とう》さんの認知症を疑ってるのなら筋ちがいです。後遺症はひどくありません。もうほとんど回復してます」

「西田崇さん」李奈はきっぱりといった。「あなたは作家の藤森智明じゃありません。本物の藤森智明さんを知る全員を殺しましたね」

22

室内の空気は極度に張り詰めていた。音《ね》の高い沈黙が部屋じゅうに反響する。

李奈の目の前に車椅子がある。そこに座る西田崇という六十八歳の男は、まるで蠟人形《ろうにんぎょう》のようだった。皺《しわ》だらけの顔が硬直し、眼球もガラス玉のごとく曇りがちに見える。李奈を仰ぎ見てはいるものの、焦点がまるで合っていない。

有希恵が震える声を響かせた。「なにを……。なんの話ですか？　お養父《とう》さんが藤森智明でなくて、いったい誰だというんですか」

安川久枝が表情をひきつらせ、茫然と李奈に問いかけてきた。「いまおっしゃったことはなに？　このかたが藤森さんじゃないなんて……」

李奈は穏やかに応じた。「安川さん。事件以前にいちどでも藤森さんと顔を合わせましたか？　車椅子の藤森さんは、ご友人宅を訪ねると迷惑がかかるからと、常に遠慮されてきました。代わりに自宅で新年会を開いていましたが、住所をご存じですか？」

「いえ……」久枝が困惑のいろを浮かべた。「主人は教えてくれませんでした。藤森さんご自身が、住所が広まるのを嫌っておいでで、他言無用と箝口令《かんこうれい》を敷いてたとか」

「実際に新年会の招待客は、作家や編集者ばかりでした。妻子の同伴はなかった。みな文学談義に花を咲かせたい方々ばかりだったからです」

吉村医師が足ばやに歩み寄ってきた。「藤森さんは下肢障害1級、車椅子の使用者です。もともと有名な話でしょう」

むろん承知している。李奈は吉村医師を見かえした。「先生の患者さんにはめずらしくないですよね？　というより吉村先生が、最初に藤森智明だと直感した患者さん、夏目さんはご健在ですか。このところ病院に姿を見せてないのではないですか」

「なっ」吉村医師は絶句する反応をしめした。「まさか、本当に夏目さんが藤森智明だというんですか？　しかし夏目さんは否定を……」

「夏目さんというかたが、藤森智明だった前提で推測します。病院で素性を知られたくなかったのに、うっかり随筆に吉村先生のことを書き、しかも読まれてしまった。いきなりきかれたので知らないふりをした。いったん待合室に戻ってから、同じ木曜日に受診する西田さんに、笑い話として打ち明けたのち意気投合した」

「……それで西田さんが藤森さんになりすましたというんですか」

「西田さんが自分の意思でそうしたのか、それ以前に夏目さんが身代わりを頼んだのか、どちらなのかはわかりません。最初は冗談のつもりだったのかもしれません。でも夏目さんはその場さえ凌《しの》げればいいと考えました。次からは別の病院で受診するつもりだったからです」

「たしかにそれっきり夏目さんは通院していないが……。そんなに私を嫌ってたのか？」

「先生を嫌ったのではなく、ただ小説家として見られるのを好まなかっただけです」

　久枝が首を横に振った。「とても信じられない。わたしの知る夫は、いつも作家扱いを受けることに満足げでした」

「いえ」沙友理が口をはさんだ。「ありえますよ。わたしもプライベートで職業を明かしたくありません。不動産購入時に過去の確定申告書を提出するまで粘りました。ふつう自由業といっておけば、それ以上はきかれることがなく、ただ必要書類を求められるだけです。ほかの場では、いっさい明かすことを強要されない」

李奈は一同に告げた。「事件以前に藤森智明の顔を知っていた人は、世間にどれだけいたでしょうか。著書に近影を載せない作家は多くいます。生年月日や略歴の非掲載も稀《まれ》ではありません。藤森さんは独身で子供もいませんでした」

車椅子の小説家ゆえか、藤森は露出を好まなかった。作家は名前のみで知られる。それもたいていペンネームだ。自著や宣伝媒体に顔写真が載っていないのなら、テレビか雑誌のインタビューでも受けなければ、最近の容姿を知られようがない。

刑事たちも慄然《りつぜん》としていた。江郷刑事が猛然と異議を唱えた。「ありえん。ひところは年収も莫大《ばくだい》だった往年の人気作家でしょう。何十年も著述業をつづけてきてる。各方面に顔を知られずにいるはずがない」

沙友理が反論した。「各方面とは？　刑事さんはご存じないかもしれませんが、作家のデビューにあたって、身元調査はまったくないんです。新人賞受賞作家なら最終学歴が公表されたりしますが、出版社への売りこみに始まった場合、なんの証明も必要ありません。履歴書の提出など求められないし、身分証の提示も必要ありません」

「しかし」江郷刑事が沙友理を見つめた。「版元は本名がわかってるのだから、あるていど調べたりはするでしょう。でなければ商取引になんの約束ごともないじゃありませんか」

「本名なんか明かしません。わたしがそうだったし、そういう作家はめずらしくありません」

「まさか。そんなことは非常識です」

「そこがノーマークでまかり通るのが、版元と作家の関係なんです。売れることが期待されないデビュー作の時点で、編集者は原稿さえ入手できていれば、作家の身の上なんか気にしません。世間話のついでにきいた略歴がすべてです」

江郷刑事はなおも沙友理にきいた。「本名もわからないのに、どうやって契約を交わすんですか」

「契約書はペンネームで交わせます。記載する住所と電話番号は、事業をおこなっている場所とされますが、バーチャルオフィスでも問題なし。そのバーチャルオフィスの賃貸契約時は本名のみを明かし、ペンネームを伝えませんから、業者もわたしとは知りません」

「出版社の人が作家と打ち合わせをしたり、仕事を依頼したり、原稿を受けとったりしないんですか」

「いまはぜんぶメールでのやりとりです。それも厄介ごとに巻きこまれないよう、フリーメールアドレスを用います。七十代の作家でもパソコンを使いますし、藤森さんもそうだったときいています。ほとんど打ち合わせもなく、書き下ろしの原稿を添付ファイルにして、編集者に送るだけです」

「まさか。ふだんいっさい接触がないと？」

「ありません。作家は出版社に行かないし、編集者も作家のもとを訪ねません。ゲラのやりとりもバーチャルオフィス経由の宅配便、宛名はペンネームです。刊行後の見《み》本本《ほんぽん》と出版契約書も郵送で終わります」

「報酬の振り込みが必要でしょう」

「ゆうちょ銀行の当座預金にしておけば、口座の名義を屋号のみにできます。わたしの口座名も櫻木沙友理事務所で、本名の併記はありません。出版社からはマイナンバー登録を求められますが、それも任意です。拒否してる作家も大勢います」

「確定申告書は？　担当税理士も税務署員も、ペンネームと本名をセットで知るはずです」

「税理士を雇わず自分で確定申告をします。ゆうちょ銀行の口座から、全額を別銀行の本名名義の口座に振替します。振替元の名義は変えられるので、これも本名にしておきます。この口座通帳のみを、預金額に関する資料として、税務署に提出します。取引先の出版社はあきらかになりません」

「問題があるでしょう。なんの取引で儲《もう》けているか質問を受けるはずですよ」

「わたしはさすがにそこまで秘密にしていませんが、約二十年前はちがっていたときます。自由業の収入ぶんをちゃんと申告していれば、それ以上の追及はなかったそうです」

「ゆうちょ銀行に匿名口座を設けるには、本人以外に事業に関わる者二名をあきらかにしたうえ、事業内容を説明できる書類の提出が……」

「それもむかしはちがいます。本人が望めばノーチェックで口座を設けられました。仮に当時の税務署員が、取引内容の一部を知ったとしても、守秘義務があるので広まらないんです」

「地元や出身校のクラスメイトは？　有名作家になれば知ってるでしょう」

「知らない場合も多くあります。わたしはメディアに顔をだしてしまいましたが、そうでない作家でペンネームなら、子供のころの知人にも悟られようがありません。作家は陰キャが多いし、大人になってからは、地元の誰とも付き合わないこともありえます」

「親やきょうだい、親戚《しんせき》がいるでしょう」

李奈は沙友理に替わり、江郷刑事にいった。「ご高齢になればなるほど身内も減っていきます。本物の藤森さんはきょうだいがおらず、両親も亡くなっていて、ご自身も未婚です。持ち家だったので不動産賃貸契約もなかった」

「まさか」江郷刑事が声を荒らげた。「仕事での人間関係がなければ、いかにフリーランスといえども生きていけるはずがありません！」

「そのとおりです。むしろ藤森さんは交遊関係が広かった。作家や編集者の友達が大勢いた。その全員が小説家協会の懇親会に招かれたんです。巧みな餌に誘われて」

江郷刑事は信じられないという顔になった。「藤森さんを知る人ばかりが集められたというんですか」

「いえ。正確には参加者の全員じゃなく一部です。でも本物の藤森さんを知る人は、ひとり残らず招かれました」

有希恵が涙ながらにまくしたてた。「杉浦さん、ひどすぎます！　養父《ちち》にどうしてそんなことができるっていうの？　歩けないのは吉村先生も知ってらっしゃることですよ」

「西田さんが歩ける必要はありません」李奈は有希恵に目を移した。「主犯はあなたですから」

またも室内がしんと静まりかえった。今度の無音状態は長かった。有希恵が表情を凍りつかせた。西田は車椅子の上で目を剝《む》き、半ば痙攣《けいれん》を起こしかけていた。

「なに？」有希恵がぎこちない笑みを浮かべた。「主犯って誰のことですか？」

李奈はため息をついた。「あなたは別館の宴会ホールのスタッフとして皆勤賞でしょう？　なら去年の夏、韓国映画祭の打ち上げでも働いてた。鹿島さんがきいたのと同じ会話を、あなたも偶然、近くで耳にしたんです」

鹿島ははっとして有希恵を見つめた。「きみもあのときそばにいたのか」

「嘘ですよ！」有希恵が狼狽《ろうばい》をしめした。「わたしはなにもきいてません」

「いえ」李奈はつづけた。「インサイダーの情報と気づき、その価値を探ろうとネットで検索しましたよね。そのうち掲示板で藤森智明についての質問を見つけ、近々映画化があるとレスした。そこに食いついた人がいた。病院で藤森智明になりすますことになり、やはりその価値を知りたがってる西田さんだった」

以後ふたりはメールで連絡しあったため、どのようなやりとりがおこなわれたかは判然としない。

　のちに恐ろしい犯罪に思いをめぐらす土壌が、当初からふたりにあったかどうか、容易には推察できない。ネットの裏掲示板で仕事を求める若者が、振り込め詐欺の受け子になる例は多い。とはいえ生来どれだけ犯罪者の素質があったかを、第三者が推し量るのは困難になる。

　性善説と性悪説を簡単に二極化できない。人は善悪どちらかだといいきれるほど単純ではない。ときと場合によって善にも悪にも傾く。両面あるのが人間だろう。

　格差社会と貧困が問題になっている。李奈の暮らしぶりも楽ではなかった。よほど意思を強く持たねば、貧すれば鈍するの格言どおり、邪《よこしま》な考えにとらわれることもありうる。李奈は犯罪に手を染めようと思ったことはないが、汐先島にいた小説家たちの心理を考慮すれば、そういう人間がいてもふしぎではない。

　詳しい動機の解明はこれからだ。なんにせよふたりが金儲けのため、犯罪も辞さないという姿勢で合意したとする。ひとりは担当医により藤森智明にまちがえられた患者。もうひとりは、藤森智明が近いうち韓国映画化で脚光を浴びると知るホテルスタッフ。

　夏目という患者が本物の藤森智明だったのなら、西田と有希恵は一致協力し、夏目に接近したと考えられる。藤森智明の交遊関係は広くとも、知人が出版業界に限られていることに気づく。作家のペンネームと本名の結び付きについて、公的な証明書など一枚もない、そんな事実も知る。本物の藤森を知る人間が、全員いなくなってしまえば、西田は堂々と藤森を名乗れる。

西田は顔面を紅潮させていた。車椅子の上で身を震わせ、怒りの感情をあらわにした。「杉浦さん！　私は同業者としてあなたを信用していたんですよ。なのにそんな言い方をなさるとは……」

「同業者？」李奈は西田を見つめた。「もう引退なさったはずでしょう。ご自身でそうおっしゃったじゃないですか」

「そんなのは言葉の綾《あや》です。あなたがそういう態度なら、私はもうなにも喋《しゃべ》りません」

「沈黙を守ったほうが、ぼろがでにくくなるからでしょう。作家業は引退、もう書かないといえば、小説の執筆は必要なくなる。藤森智明だという自称が、公称としてひとり歩きしてくれる」

有希恵が目を怒らせた。「なにか勘ちがいなさってませんか。養父はすべての契約を切ったんです。今後は出版印税もないし、韓国の映画化もない」

李奈は首を横に振った。「契約しないと明言し、念書まで書いたのは、各出版社との再契約についてだけです。韓国の映画化は、契約相手以外の人々に対し、契約しないと話したにすぎません。口約束にすらならないので法的拘束力もない。本当は契約するつもりだったんです。『火樹銀花』を筆頭とする、すべての著作の映画化について」

西田の額に青筋が浮きあがった。「契約料なんて微々たるものです！　原作本が売れて儲《もう》かることもないのに、私がなぜ映画化にこだわるというんですか」

「出版社とは契約しなくても、すべてKDPにするつもりだったでしょう。アマゾンの電子書籍サービスに原稿データをアップするだけで、印税七十パーセントを得られます。自費出版とは異なり、いっさい元手がかからない。韓国映画化が大々的な宣伝になり、労せずしてお金が転がりこんでくる」

一作を五百円と、通常の文庫版小説より格安で売ったとしても、電子で一部売れるごとに三百五十円が入ってくる。百万部で三億五千万円。出版社を介した場合ではありえないほど高額な数字になる。寝ていても全国の端末でクリックされるたび、収入が増えていく。電子なら在庫切れは起きず、商品が古くなることもない。

電子書籍は注目度の低さがネックとされる。しかし米アカデミー賞受賞監督による映画化という、絶対的な話題性があれば宣伝は必要ない。紙の本の出版はなく、中古本も古すぎてでまわっていない。競合ゼロのため、KDPの販売が最大限に後押しされる。

しかも映画化は『火樹銀花』一本ではない。有名監督による映画化という時点で大ヒットまちがいなし、悪くとも原作本のベストセラーは疑いようがないが、藤森智明の小説すべてに映画化契約が結ばれる見込みだ。従来の出版社に一円もとられることなく、営業努力もまったく必要とせず、何億も何十億も儲かる。連続映画化が途絶えようとも、有名作品となった一連の小説群は、常時ダウンロードがつづくからだ。西田と有希恵は養子縁組を結んだ。不労所得は半永久的にふたりの財産となる。

李奈はつぶやいた。「気になるのは夏目さんの行方です……。あなたたちは交遊関係をすべてききだした。どのようなかたちをとれば知人を全員誘いだせるか、本物の藤森智明の知恵を借りた。韓国映画プロデューサーからの極秘の手紙、新設する文学功労賞の内定の知らせ。すべてツボを得た誘いの餌です」

徳平刑事が腑《ふ》に落ちない顔になった。「それでもひとり残らず全員が、懇親会に出席するとはかぎらないでしょう」

「そうでもなかったんです。藤森さん自身が出席すると通達したからです。事前に送られてきた葉書に対し、藤森さんは出席に丸をつけた。ふだんまったく会合に姿を見せない藤森さんです。ご友人らはそれを知り、当日は絶対に参加しようときめたんです」

久枝が大きくうなずいた。「わかります。主人も藤森さんが行くならと、喜び勇んででかけましたから。ほかのみなさんもそうだったでしょう」

本物の藤森智明を知る参加者のなかに、欠席が生じた場合、犯行計画の中止もありえた。ただしそれがひとりかふたりにすぎないのなら、放火集団殺人の決行に前後し、別の場所で手にかけることも考えられただろう。

なんにせよ該当する人々は全員、懇親会に出席してしまった。だがそこに藤森智明はいなかった。

江郷刑事が渋い顔になった。「藤森さんがいないとわかった時点で、みな帰るのでは？」

李奈はそう思わなかった。「証人が全員、命を落としてしまっているので、以下も推測になります。西田さんは藤森智明さんからの手紙を携え、代理として懇親会に入りこんだ。自分は藤森さんの友人であり、じきに本人が来るまでの代わりだと伝えたんです。西田さんはその際、緒林桔平と名乗った」

「な」江郷刑事が衝撃のいろを浮かべた。「なんだって!?」

嶋仲刑事が血相を変え、モニターに映る男性を指さした。「ならあの男はなんですか」

「本名は知りません」李奈はいった。「有希恵さんはまず素人小説家を捜そうと検索し、『魔界の伝道師リョウ』を見つけた。イエロー・チーバくんなるペンネームについて、本人の情報を調べたものの、黄いろいチーバくんを画像に掲げたブロガーしか見つからなかった」

「ではイエロー・チーバくんとは別人と知りながら……」

「ええ。のちに捜査を攪乱《かくらん》しうる容疑者になりうれば、誰でもよかったんです。この人がイエロー・チーバくんでないと判明してもかまわない。いもしない緒林桔平を追いかけて、警察が駆けずりまわってくれれば」

なぜこんな風変わりな男性を、容疑者に見せかける必要があったのか。当日の流れを想像すれば、理由はおのずからあきらかになってくる。

懇親会出席者らは、藤森の友人を名乗る車椅子の高齢男性に戸惑った。それでも邪険にはできなかった。おそらく同じく車椅子生活を送る友人を招いたのだろう、みなそう考えたにちがいない。いずれ藤森が来ると信じればこそ、友人を大事にしておこうと思ったはずだ。

ところがどうやら西田はだまし通せなかったらしい。〝招かれざるゲストのＯ氏に一同大爆笑〟、〝〇林桔平さんって人が飛び入りゲストで参加。作家志望。可笑しさもあるけどちょっと痛々しいかも……〟、〝たとえ温厚な藤森智明さんが許しても、部外者にはご遠慮願うのが筋だと思う〟、〝まして壇上でからかうべきではない〟。それら参加者らのツイートは、藤森の友人らしからぬ西田の失態があらわになり、壇上で吊《つる》し上げられた状況を物語っている。

犯行後、西田と有希恵は参加者らのＳＮＳをチェックしたのだろう。小説家の会合では、リアルタイムの画像が上がることはまずない、その習慣は夏目からききだしてあった。集合写真を撮るのも閉会直前になるため、途中で放火する前提なら心配無用だった。しかし懇親会の最中に発信された、ＳＮＳでの発言だけは網羅しておく必要がある。事件後の証言の辻褄《つじつま》を合わせねばならないからだ。

参加者たちは西田の車椅子について触れていなかった。揶揄《やゆ》する前提であっても、いや揶揄するからこそ、車椅子に言及するべきではないと判断した。文章表現を商いとする小説家なら当然の思考といえる。年齢や容姿についての発言もなかった。それらと矛盾のない範囲で、西田と有希恵はまるで異なる緒林桔平像をつくりあげようとした。

検索で見つかったイエロー・チーバくんの小説と、黄いろいチーバくんを掲げるブロガーを容疑者に仕立てたのは、そんな経緯があってのことだ。西田と有希恵は、ミステリ小説でいう〝信頼できない語り手〟そのものだった。喋《しゃべ》ったことにはなんの裏付けもなく、虚言ばかりに満ちていた。

本物の藤森智明の知り合いは、懇親会出席者の半分にも満たなかった。なのに全員を焼死させた。なんという残忍な犯行だろう。

有希恵が泣きながらわめいた。「いい加減にしてください！　放火がわたしたちのしわざだっていうんですか？　テーブルに発火装置を仕掛けたって？　鹿島さん、わたしには鍵《かぎ》をかけるのは無理ですよね？　鍵なんかお借りできません」

鹿島がおずおずといった。「たしかですよ……。杉浦さん、前にもご説明申しあげたでしょう。本館のキーボックスに、別館のスタッフは近づけません」

李奈は鹿島に向き直った。「制服は外部の人間には絶対に手に入りません。そうもおっしゃいました。あの言葉の意味は？　逆にいえば、内部の人間なら制服を入手できる可能性があるんですよね？」

「いや……。たしかに従業員なら、ランドリーセンターから盗めるかもしれません。

しかし……」

「有希恵さんはまさにそうしたんです。犯行の二か月以上前、本館の制服を盗み、それを着てキーボックスのある部屋に入った。事務机にいる方々は、横目に見て挨拶《あいさつ》するだけです。別館の制服でない以上、特に注意も払わない」

「二か月以上前？　なんの意味があるんですか」

「鍵は四本ともGOALのシリンダーキーです。街の鍵屋《かぎや》さんでも合鍵《あいかぎ》を作ってもらえます。有希恵さんはそのようにしたのち、鍵を元どおり返却した。二か月経てばHDDは上書きされ、録画は消えます。事件発生後には視聴できません」

「ドアはすべて外から施錠されてたんです」

「出入口に数えられるドアはそうです。でも従業員専用口は内側にも鍵穴《かぎあな》があるとおっしゃったでしょう。有希恵さんはいったんホール外の通路にでた。トイレなどで退出しているゲストがいないことを確認したのち、ドアをすべて施錠した。最後に従業員専用口を入り、なかから鍵をかけたんです」

「発火装置も彼女が仕掛けたというんですか？」

「早朝にあなたが別館の鍵を開けたあと、スタッフや業者は自由に出入りしました。ひとりかふたりがホール内で作業することもありえたんですよね？　有希恵さんはほかに誰もいない時間を見計らい、テーブルの下に発火装置を仕掛けてまわったんです」

「彼女に発火装置が作れたと……？」

「ネットの情報で簡単に作れる、カセットコンロ用カートリッジとキッチンタイマーを組みあわせた、時限式発火装置です」

有希恵は目を真っ赤に泣き腫《は》らしていた。「わたしも養父《ちち》も、もう少しで焼け死ぬところだったんです！　防炎カーテンなんかじゃ防ぎようがなかった、助かったのは奇跡だって、みんないってます」

李奈は動じなかった。「奇跡じゃありません。ふたりぶんの耐火シートと酸素マスクを持ちこめば、あるていど凌《しの》げます。アメリカのアイダホ州のニュースからも、ひとりぶんがアタッシェケースに入るサイズとわかりますから、せいぜいその倍です」

「どこにそんな物があるっていうんですか!?　ゲストの荷物はぜんぶクロークに……」

「車椅子の下の布バッグだけは例外でしょう！　あなたたちは防炎カーテンの陰に隠れてから、それらを身につけた。参加者のツイートから察するに、道化のような奇行にみなされたことでしょう。でもあなたたちは気にもしなかった。すぐに大惨事が発生したからです」
時限式発火装置に取り付けられたキッチンタイマーに、残り時間はセット済みだった。テーブルがいっせいに燃えだす時間はわかっていた。西田と有希恵は防炎カーテンの陰で、耐火シートと酸素マスクにより、命をつないだ。スプリンクラーポンプの元栓は事前に閉めてあったため、消火用の水は噴出しないが、火災警報は鳴る。消防隊の突入をききつけ、カーテンを開けられる寸前、耐火シートと酸素マスクを車椅子の下に戻した。

消防隊員は西田を抱きあげようとしたが、西田が車椅子にしがみつき、断固として拒んだ。やむなく車椅子ごと救助された。現場は大混乱で、車椅子の下の布バッグが調べられる余裕もない。いみじくも西田自身が、黒磯康太郎のサイン本を持ち帰ったと話したことで、その可能性が裏付けられた。

李奈はいった。「本当はいもしなかった緒林桔平に同情を寄せたように装い、警察への証言をためらうことで、かえって信憑性《しんぴょうせい》を高めようとしたんです」

病院に搬送されたのち、西田は面会を断りつづけた。万が一にも藤森智明と面識のある人間がほかにいた場合、病院に来られては困るからだ。入院中の顔写真は一枚たりとも公開しなかった。そのまま引退にこぎつけるつもりだったが、唯一の例外があった。

　事件の一か月前に、わざと会っておいた編集者がいる。KADOKAWAの菊池だった。

　KADOKAWAでの出版は過去にすぎないため、もう担当者がいないことを、西田は事前に電話で確認しておいた。菊池も西田に詳細をたずねなかった。ただ西田が本物の藤森からききだした情報をもとに、本人でなければ知りえない、出版当時の記憶を並べ立てた。菊池はそれだけで信用した。

　西田は事件後、菊池からの面会要請だけを受諾した。自分が藤森だと強調するためだ。と同時にもうひとつ狙いがあった。菊池とその同行者らと、警察を仲違《なかたが》いさせようとした。サイン本のトリックはそのためだった。

「まった」嶋仲刑事がなにかを思いだしたような顔になった。「そういえばあの『慟哭の生涯』という本、鑑識による鑑定では、火災現場にあった証拠がないとのことでした。一酸化炭素や塩化水素、アンモニアがいっさい検出されなかったとか……。早々に返却したのもそのためです」

「ええ」李奈はうなずいた。「西田さんはあの本を懇親会に持ちこんでいません。黒磯さんからサインをもらったというのも嘘です」

西田が憤然と反論した。「またなんのいいがかりを……」

李奈は西田に向き直った。「年下ながら大ファンの黒磯康太郎さんに、わざわざサインをもらいたかったのも、懇親会に出席した理由のひとつだったんですよね？　ならなぜ初版本じゃなかったんですか」

「……なんですって？」

「あれは去年の十月にでた第三版です。著者に記念のサインをもらうため、事前に本を準備できるのなら初版を選ぶのが、小説好きの常識です。もちろん絶対とはいいきれませんが、ご自身が大御所作家のわりには不自然。ならなぜ第三版だったか」

沙友理がきいた。「もしかして書店でのサイン会？」

「そうです」李奈は応じた。「その場で本を購入しないとサインしてもらえない。去年の末に大阪梅田の紀伊國屋書店で、黒磯さんのサイン会がありました。有希恵さんがそこでサインをもらったんです。わざと途中のページに」

有希恵は怒りのいろを漂わせた。「なにをいいだすんですか」

「小笠原莉子さんの話では、本の途中にサインをもらう人もめずらしくないそうです。黒磯さんはなんとも思わずサインをした。有希恵さんは友人へのプレゼントだといい、〝藤森智明さんへ〟と書き添えてくれるよう頼んだ。作家の藤森智明さんと同姓同名の友人だと伝え、黒磯さんが気に留めないようにしたんでしょう」

　のちにネットやメディア上で公開された、黒磯康太郎の発言について、西田と有希恵は逐一調べあげたにちがいない。だがサイン会でそのようなできごとがあったとの記録はなかった。それを受け『慟哭の生涯』のサイン本は、捜査の攪乱《かくらん》用アイテムに決定した。

　ほかにも候補はいたが、黒磯のサイン本にした。翌年春の小説家協会懇親会、公式サイトの出席者リストに、黒磯康太郎の名があったからだ。

　李奈はいった。「わたしや櫻木さんが病院で西田さんに会ったとき、『慟哭の生涯』を見せられました。ハードカバーには下敷きが挟んであった」

　西田が妙にうわずった声を響かせた。「サインのあるページに挟んでおいただけです」

「そう。だから不自然に思えませんでした。下敷きを挟んだページを開いたらどうなりますか？　右側の176ページに黒磯さんのサインがある。でも左側の177ページは見えない。挟まったままの下敷きの下に隠れています」

　沙友理が目を丸くした。「まさか……」

「そのまさかです」李奈は床に置いたショルダーバッグから、さっきの下敷きをとりだした。

プラスチック製下敷きの表はなにもない。だが裏はちがった。『トウモロコシの粒は偶数』のなかの一枚が貼りついていた。

具体的には、167ページと168ページの裏表からなる、一枚の紙だった。本の綴《と》じ目から丁寧に切り離したうえで、下敷きの縦の右辺ぎりぎりに合わせ、二ミリぶんの幅だけ糊《のり》を載せ、167ページを手前にして貼りつけている。

するとどうなるか。下敷きの上に貼られた一枚は、ちょうど本のページのように、左から右へとめくれる。その紙のノド側は下敷きの右辺ぎりぎりに、本のごとく綴《と》じられた状態になっている。上下や左辺については、下敷きのほうが大きいため余白がある。

下敷きをひっくりかえしたらどうなるか。一辺のみが貼りつけてある紙も、静電気でくっついたままになる。だらりと垂れ下がったりはしない。よって下敷きを水平に保持すれば、裏に貼りついた紙は見えない。

そのように持った下敷きを、端ぎりぎりに紙を貼った辺の側から、ハードカバーの途中に挿しこむ。挿入位置は168ページである必要はなく、近いところならどこでもかまわない。

　ここで下敷きと、貼りついた紙のあいだを開く。すると右側が偽の１６８ページ、左側が下敷きという見開きの状態になる。じつは下敷きに貼りついた紙の内側をめくっているにすぎないのだが、傍目にはただ下敷きを挟んだページを開いたように見える。さっき李奈は、その偽の１６８ページにサインをしてみせた。

　李奈は西田にいった。「病院で刑事さんから本を要求されたとき、あなたは下敷きが挟まったまま本を閉じた。わざわざ本の裏表紙《うらびょうし》を上にしてから、下敷きを抜いたでしょう」

　偽のページは当然、下敷きの裏に貼りついているため、本からひそかに取り除かれる。

　嶋仲刑事が唖然《あぜん》としてつぶやいた。「下敷きに貼った偽の１６８ページとは別に、本物の１６８ページは、初めから破ってあったのか……」

　そのとおりだった。前もって同じ本が二冊必要だった。一冊目から１６８ページを丁寧に切り離し、下敷きに貼りつける。その本はもう捨ててしまってかまわない。だます相手の眼前に披露するのは、二冊目の本だ。こちらの１６８ページは前もってわざと乱雑に破っておく。下敷きを挿しこめば、破られていない１６８ページが存在するように見せられる。

李奈は『トウモロコシの粒は偶数』を開いた。破れたページを一同にしめす。「わたしは事前にほぼ同じサインを、168ページにしておきました。それをあらかじめ破っておいたんです」

「あー」沙友理が感嘆の声をあげた。「ここに来る前、スタバに寄ったとき……。わたしはポーチを置いて席を外した。ひょっとしてあのとき……?」

「すみません」李奈は微笑した。「破ったページをポーチにいれておきました」

「仕込みは事前に終わってたってこと? じゃわたしの家から見つかったページも……」

「ええ」李奈はうなずいた。「そのとおりです」

西田と有希恵は『慟哭の生涯』の176ページ、黒磯康太郎のサインのあるページを、乱暴に破りとった。

その前にもう一冊『慟哭の生涯』を買ってきて、176ページを綴じ目から丁寧に切りとった。そこに黒磯のサインを書き写しておいた。二枚を重ねてトレースすれば、一見本物のサインに見える出来映えになるだろう。

李奈は沙友理にいった。「西田さんたちは、警察の捜査を攪乱する目的で、事件の前から準備しました。のちに懇親会で命を落とすことになる作家のうち、誰かひとりの家から、破られたページが見つかることにした」

「それがわたしの家……？」沙友理が目を瞠《みは》った。「わたしが懇親会に出席する予定だったから？」

「そうです。前もって櫻木さんの家に、破ったページを隠しておこうとしたんです」

「なぜわたしだったの？」

「懇親会の参加予定者のなかで、いちばん有名な作家だったからです。破られたページが見つかれば、そのことが広く報道されるでしょう。その結果、関係者らの警察への不信感が著しく強まり、捜査に支障をきたします」

沙友理は懇親会に欠席したため死ななかった。事件後に沙友理は李奈とともに、菊池に同行し病院を訪ねた。いずれもあくまで偶然にすぎない。西田も有希恵も、病院で沙友理と会ったとき、心底驚いたにちがいない。だが同時に好機とも感じた。その場にいる刑事に本を奪わせ、ページが破られるトリックを演出することで、とてつもない効果が期待できる。なにしろその場にいた櫻木沙友理の家から、破られたページが見つかるのだ。出版界と警察の対立関係を深められる。

李奈は沙友理を見つめた。「裏仕事の掲示板、去年の十月十六日の書き込みに〝白金七丁目にある英国庭園付きの洋館〟が、櫻木沙友理さんの自宅だとあります。あれを見れば第三者にも家は特定できます。ツナギ姿なら清掃作業中に潜りこみ放題とも書かれていました」

沙友理が表情を硬くした。「そうか……。合鍵《あいかぎ》や盗聴器は関係なかった。清掃のたびに部外者が忍びこんで、作業を見ていれば、食器棚のお皿がろくに使われていないのもわかる……。だからその下に隠した？」

「ええ。例の四日間などではなく、事件よりずっと前のことです。櫻木さんが清掃を頼んだ数回のうち、最後の一回。有希恵さんは破ったページを、皿の下に置いて立ち去った」

のちに清掃業者を装って留守電をいれたのも、おそらく有希恵だろう。病院で西田が『慟哭の生涯』のサインを披露し、本ごと刑事の手に渡ったとみせかけてから、およそ四日後のことだ。皿の下からくだんの物を見つけさせるため、わざと電話をかけた。

病院で西田が見せたのは偽のサインだったが、一見しただけでは真贋《しんがん》はわからない。李奈も沙友理も疑わなかった。後日、沙友理の家から発見されたサインを、小笠原莉子が鑑定した。万能鑑定士Qにより本物と結論づけられたが、それも当然のことだ。黒磯康太郎本人がサインをした本物だったのだから。

有希恵は鼻の頭を真っ赤に染め、潤んだ目に憤りを漂わせながら、強い口調で吐き捨てた。「わたしはなにも知りません！」

西田の顔に動揺が見てとれる。共犯者に裏切られる気配を感じたからだろう。

李奈は首を横に振った。「有希恵さんが知らないはずがありません」

「なんでそんなことを……」

「病院で西田さんから下敷きを受けとり、車椅子の下の布バッグにしまったでしょう。下敷きの裏を見せないよう、水平に保持しつづけることに、細心の注意を払ってた。あなたなしには成立しないトリックでした」

サイン本の破られたページ。その効果は絶大だった。沙友理はショックでうつ病の症状に苦しんだ。李奈も警察への不信感を募らせ、情報を共有できなかった。真相に気づくまで、恐ろしく遠まわりをさせられた。

また沈黙があった。全員の視線が絶えず交錯している。お互い顔いろをしきりにうかがう。そんななか車椅子の西田と、寄り添う有希恵だけは、揃って床に目を落としていた。

吉村医師が喉《のど》に絡む声で発言した。「あのう……。いまの話が本当だとして、夏目さんはどうなったんですか。まさか最悪なことに……」

沙友理がささやいた。「だいじょうぶ。まだ生かされてると思います」

「なぜですか」吉村医師がきいた。

「わたしが助かったからです」沙友理が李奈に視線を向けてきた。「ミステリの定石だよね。単独犯なら決定的な証拠をいち早く葬り去る。でも複数の共犯の場合、証拠を消してしまうと、懸案すべきは自分以外の共犯者だけになる」

李奈はうなずいた。「口封じのため、共犯者に殺意を抱きがちになります。犯人どうしが殺し合いを避ける目的で、あえて証拠を温存しておく」

沙先島から沙友理が生還できた理由だった。それが西田と有希恵の犯行にも当てはまることを祈るしかない。

吉村医師が唸《うな》るようにいった。「たしかに夏目さんが本物の藤森智明なら、生かされている可能性もあるか……。成りすますためには当面のあいだ、本人の知識が必要になるだろうし、口を割らせて情報を得るためにも……」

有希恵がぼそりときいた。「証拠は？」

室内が静寂に包まれた。車椅子の西田が顔をあげた。無数に刻まれた皺《しわ》が、いまは無表情をかたちづくる。

西田も怪しい目を光らせた。「そうですよ。証拠はどこですか。本だとか下敷きだとか、耐火シートとか酸素マスクとか、どなたかの手紙だとか……。そんな物どこにあるんですか」

空気が異常なほど冷えきる。鳥肌が立つほどだった。李奈はふたりの余裕が気になった。いま西田が挙げ連ねた物証については、すべて処分してしまったのか。でなければ挑発的な態度はとれないはずだ。

沙友理が醒《さ》めた表情を西田に向けた。「バーチャルオフィスの転送先。ゆうちょ銀行の口座の契約者名。本物の藤森さんをあきらかにする証拠は、いくらでもあると思いますけど？」

「そうですか」西田が悠然と告げてきた。「ならお調べになるといい」

いっそう妙な気配が漂う。沙友理が眉《まゆ》をひそめた。李奈も困惑をおぼえた。

追い詰められているにしては、西田はなんの焦燥も感じさせない。ひょっとしてなんらかの先手を打ったのか。

小説ならバーチャルオフィスの経営者なり、銀行の行員なりを買収するところだ。現実には難しいだろうが、まったくありえないとはいいきれない。事実は小説よりも奇なりだ。

吉村医師の患者だった夏目が、本当に藤森智明だったとして、ふだんはどのような生活を送っていたのだろう。未婚で孤独の身であることは、公にも知られていた。近所づきあいもなかったのかもしれない。西田と有希恵はそのあたりも、充分に調べ尽くしている可能性が高い。夏目が人とのつながりを絶っていたからこそ、今回の犯罪計画が有効になったのかもしれない。だとすれば夏目のほうをたどっても、事実は立証不可能か。

安川久枝が憂いのいろを浮かべ、江郷刑事に問いかけた。「西田さんの家を調べることはできないの？　たぶん夏目さんというかたは、そこに囚《とら》われてるんじゃなくて？」

四人の刑事が気まずそうに顔を見合わせる。江郷が低い声で応じた。「杉浦さんのお話や、西田さんらの態度から、調べるに値する点は多々あるかと思いますが……。証拠がないのでガサ状の請求には至りません」

「家を調べられないんですか？　それではっきりするかもしれないのに」

「申しわけありませんが、現段階では難しいかと」

西田が深く長いため息を漏らした。有希恵も安堵《あんど》のいろを浮かべている。

「杉浦さん」有希恵は充血した目で睨《にら》みつけてきた。「本当に失望しました。あなたが根拠もなく人を犯人扱いし、お巡りさんたちをけしかけようとするなんてね」

「有希恵さん」李奈はささやいた。「でも……」

「わたしも養父《ちち》もおおいに傷つきました」有希恵が静かにいった。「もうほっといて」

沈黙がひろがる。李奈は足もとがぐらつく気がした。にわかに汐先島の記憶が蘇《よみがえ》ってくる。

あのときは的外れな推論に走り、真実を見失ってしまった。人の心理などわかりはしない、そう思い知らされた。もう少しで櫻木沙友理が犠牲になるところだった。すべて自分のせいだ。

「……杉浦さん」沙友理が気遣いに満ちたまなざしを向けてきた。「だいじょうぶ？」

心がいったん極端なまでに張り詰め、また弛緩《しかん》に向かいだす。李奈は深呼吸した。

「だいじょうぶです」李奈は沙友理に応じた。

自分だけが気づきえた真相を口にするとき、責任の重さに声が震える。小笠原莉子も認めていた。事実をみいだしたとたん、人は孤独になる。疎外されることを恐れるからだ。勘ちがいかもしれないという、強い不安にもとらわれる。黙っているほうが利口だと感じるようになる。

しかしそれでは世に欺瞞《ぎまん》がはびこってしまう。犯罪の犠牲になった人々が浮かばれない。不幸な遺族がより不幸になる。社会は確実に悪くなる。そんな状況は許されない。

小説にでてくる探偵のまねごと。そう揶揄《やゆ》されようと、いち早く事実に気づいた以上、信念を突き通すべきだ。勇気が道を切り拓《ひら》く。いまもまちがってはいない。丹念に真実のみを追究してきたはずだ。

作家としておぼろに気づかされるものがある。架空の物語を通じ、現実的に人を描くとは、こういうことではないのか。理想に生命を与えるすべは妄想ばかりではない。みずからの実践にある。真に人を知ればこそ、文学で人を表現する意義が生じうる。

有希恵が硬い顔で李奈を一瞥《いちべつ》したのち、江郷刑事に向き直った。「そこの画面に映っている人が緒林さんです。証言を求められたのでお答えしました。もうよろしいですか」

モニターにはまだ痩《や》せ細った男性の映像がある。篠井刑事が苦い顔でモニターの電源を切った。

江郷刑事が神妙に頭をさげた。「はい。わざわざお越しいただき、本当にご苦労さまでした」

「では」有希恵が車椅子側面のブレーキレバーを解除した。車椅子の背後にまわり、軽く頭をさげる。「すみませんが、もうこれで失礼します」

車椅子が遠ざかろうとしている。李奈は声をかけた。「まってください」

有希恵が鬱陶《うっとう》しそうに車椅子ごと振りかえった。西田もふたたび李奈のほうを向いた。迷惑げな表情が西田の顔にあった。

「まだなにか？」有希恵が冷やかにきいた。

「藤森さんはご友人に年賀状をだしてたと思います。多くはまだご友人の方々のご自宅にあるでしょう。出版社にもこれまでの小説のゲラがあります。そこから本物の藤森さんの指紋、汗や皮膚片などの遺留物が見つかるかも」

有希恵は平然といった。「でしょうね」

西田も淡々とした態度をしめしていた。「それがなにか？」

江郷刑事が咳《せき》ばらいをした。「杉浦さん……。警察官として事実をお伝えしておかねばなりません。紙には完全な指紋がつきにくく、またついたとしても、皮脂が染みこんで滲《し》みだすため、ぼやけて採取しづらくなります。そのほかの遺留物も同様です。数か月以上を経過した紙類から、決定的証拠の取得は困難かと……」

沙友理が不満げに江郷にうったえた。「書類や紙幣の指紋が決め手になって、犯人が特定された例が多々あるって、元刑事さんの著書にありましたけど」

「私たちもふだんはそのように強調しますが、主たる目的は犯罪の抑止や、被疑者に言い逃れできないと圧力を加えるためです。実際にはそうでもないんです」

「なぜいまは圧力を加えずにネタばらしをしてるんですか」

「立件できるか否かを冷静に判断しているんです。現段階でふたしかな証拠にのみ期待したのでは、起訴には至らないかと」

李奈はあきらめなかった。「筆跡はどうですか？　年賀状にも手書きの部分がありますよね。作家はゲラに修正の字をたくさん書きこみます」

沙友理がうなずいた。「お医者さんの問診票にも記入してるはず。吉村先生のもとには、西田さんの問診票がありますよね？　夏目さんのも……」

吉村医師が真剣な顔になった。「おっしゃるとおりです」

西田の表情がこわばった。吉村医師と目が合う。だがそれ以上の変化はなかった。

有希恵はしばし吉村医師を見つめたのち、ぶっきらぼうに吐き捨てた。「ご自由にどうぞ」

車椅子の方向が変わり、またドアに向かいだす。室内に残された人々が当惑ぎみの顔を突きあわせる。

李奈のなかにまた戸惑いが生じた。大いなる不安が頭をもたげてくる。筆跡鑑定を持ちだされても動じない。本当に問題はないのか。筆跡をたしかめられても、いっこうにかまわないと思っているのか。だとすればまったく推測がまちがっているのではないか。

いや。こんなときこそ自分を信じるべきだ。真実を積み重ねてきた。小説家であっても妄想だけを頼りにしてはいない。汐先島での失敗は繰りかえさない。

車椅子が部屋をでるまであと数秒。その数秒間に結論に至らねばならない。いわば〆切《しめきり》だ。読者が答えを求めている。

室内の人々を眺めた。吉村医師の横顔が目にとまった。心配そうに車椅子を見送っている。医師が患者に向けるまなざしとしてはおかしくない。だが……。

瞬時に閃《ひらめ》くものがあった。李奈は有希恵の背に声を張った。「いま真実があきらかになるかもしれません」

「まだいってるんですか」有希恵は振りかえりもせず歩を速めた。「いい加減にしてください」

李奈は小走りに有希恵を追った。車椅子はまだ室内を横切っている。その側面に追いついた。李奈はためらいもせず、いきなり車椅子のブレーキレバーを倒した。

車椅子は急停止した。かなりの速度がでていたため、有希恵は勢いよく椅子の背にぶつかり、前方につんのめりそうになった。座っていた西田は、慣性の法則に逆らいきれず、進行方向に飛びだした。

どよめきが沸き起こった。全員が息を呑《の》む気配があった。

西田は猫背になり、よろめきながら数歩進んで、茫然《ぼうぜん》と立ち尽くした。それから背後を振りかえった。

しまったという表情が浮かんだ。床にくずおれるべきか迷うような素振りをしめす。いまさらどうしようもないと思ったらしく、ばつの悪そうな顔で有希恵を眺めた。有希恵も驚きのいろを浮かべている。弱りきった顔になり、徐々に視線が落ちる。

四人の刑事たちは呆気《あっけ》にとられていた。沙友理や久枝、鹿島も啞然《あぜん》としながら西田を眺めている。

ただひとり吉村医師が目を泳がせていた。立つ瀬がないといいたげな、ひどく気まずそうな面持ちを李奈に向けてくる。李奈は黙って微笑した。

23

陽が沈みかけている。紅いろに染まった夕焼け空の下、田園調布《でんえんちょうふ》の住宅街の一角は、ひどい混乱のさなかにあった。

狭い生活道路にパトカーと救急車が連なっている。私服と制服の警察官が入り乱れる。黄いろいテープの外側には報道陣も群がっていた。ヘリの爆音が絶えず響く。レンガタイル張りの立派な戸建てがある。その庭先は制服警官らの手で、ブルーシートに覆われている。そこに別のブルーシートの囲いが連結される。青い制服の群れが一致協力し、囲いを徐々に庭から路上へと移動させる。カメラのシャッター音がひっきりなしに鳴り響く。ほの暗くなりつつある一帯に、さかんにフラッシュが明滅した。

テレビのリポーターとおぼしき声も耳に届く。「いまでてきたようです。ストレッチャーがゆっくりと移動し、救急車へと運ばれていきます……」

李奈が立っている場所は、黄いろいテープの内側だった。報道陣よりもブルーシートに近い。おかげで隙間からなかのようすがのぞけた。ストレッチャーに仰向《あおむ》けになっているのは、七十近い男性だとわかる。頭髪が薄く面長で、西田崇には似ても似つかなかった。首から下を毛布が覆う。かなり衰弱してはいるものの、救急隊員に話しかける素振りをした。皺《しわ》だらけの顔に力なく微笑が浮かぶ。

見えたのはそこまでだった。救急車のリアハッチが跳ねあがっている。ストレッチャーは車内に搬入されていった。

江郷刑事が歩み寄ってきた。「杉浦さん」

李奈はきいた。「いまのが夏目さんですね？」

「ええ。夏目有造《ゆうぞう》さん。本物の藤森智明先生です」江郷がため息をついた。「ご高齢の身なのに、ひどいもんですよ。フトンとロープで簀《す》巻《ま》きにされ、浴室に横たわっていました」

「お怪我は……？」

「全身に痣《あざ》と火傷《やけど》が認められますが、命に別状はないようです。被疑者を追及せねばなりません。特にこの家の主《あるじ》である吉村隆征《たかゆき》医師を」

西田と有希恵は実行犯にすぎなかった。主犯は吉村医師だった。吉村はずっと前から、患者の夏目が藤森智明だと知っていた。夏目は主治医に対し、特に職業を隠そうとはしていなかったらしい。

藤森の身代わりに選ばれた西田は、吉村のゴルフ仲間だった。独身で身内も親族もおらず、最近は写真一枚撮っていないなど、暮らしぶりが夏目と共通していた。吉村医師は西田に足が悪いふりをさせ、藤森智明に成り代わらせた。偽の診断書により下肢障害1級を偽装した。

吉村医師は本来の問診票のほか、小細工を施したもう一枚の問診票も用意済みだった。夏目に対し、認知力を診ると持ちかけ、西田崇の名や住所を書かせたようだ。夏目と西田は面識もない。架空の記入内容と信じ、夏目は医師の指示にしたがったにちがいない。

筆跡について問われしだい、西田は右手に震えを生じ、字が書けなくなったと主張する気でいた。韓国映画化の契約書にはゴム印だけでいい。

ベテランの作家は、ペンネームの入った横長のゴム印を持っている。そこに重ねて篆書《てんしょ》体の朱印を捺《お》す。それらのみで署名捺印《なついん》とし、みずからは一字も書かない。本物の藤森こと夏目もそうしてきた。完全犯罪を達成していれば、西田は今後、それらのゴム印を用いただけだろう。

字が書けなくなったと西田がうったえたのち、筆跡鑑定の材料として、吉村医師が問診票を提出する。藤森智明がかつて書いた手紙や年賀状、ゲラの字が西田のものと裏付けられる、そんな手筈《てはず》だった。むろん夏目名義の問診票は西田か、ほかの患者に書かせておく。

江郷刑事がいった。「心底あきれた奴らです。なぜ吉村は夏目さんのことを、みずから杉浦さんに打ち明けたんでしょう。本物の藤森智明だったというのに」

「人の弱さですよ」李奈は答えた。「主犯なのに、いざとなったらふたりに罪を被《かぶ》せ、逃げようと思ってたんです」

「ああ。医師として勘ちがいしたにすぎない、そんな予防線を張ったわけですか」

「問診票も患者たちのしわざで、自分はだまされていただけ。そう主張できる余地を残したんでしょう」

「医師の立場を利用して、患者である夏目さんの身の上を、あれこれ知りえてたわけですね」江郷刑事は軽蔑《けいべつ》のまなざしを吉村邸に向けた。「吉村の人格は尊敬に値しません。妻子とは別居。しかも愛人と結託を……」

　有希恵は吉村の愛人だった。吉村は夏目が藤森智明であると知ったが、そこに有希恵から新たに情報がもたらされた。『火樹銀花』の映画化だった。そのことについて吉村が夏目の診療時、さりげなく話題にすると、すべての著作が順次映画化されるとわかった。じつは本物の藤森は、とっくに映画化の打診について承知済みだった。

　江郷刑事は吉村邸を眺めつづけた。「大病院の医師だけに給与は高かったみたいですが、一等地の戸建てのローンに加え、道楽者ときてる。西田と飲み交わすたび、医師の特権を利用して金儲《かねもう》けする方法を、ふたりで思案してたようです」

　李奈はきいた。「有希恵さんは供述してるんですか」

「ええ。最初は口が堅かったんですが、すでに落ちました。彼女はホテルの正社員勤務ではあったものの、別館スタッフとしての手取りが月十七万だったとか。それを補うためネットでパパ活の相手を募集。吉村と知り合ってからは、愛人の報酬として月三十万」

「犯罪を持ちかけられても、さすがに心理的なハードルは高かったはずでしょう」

「最初は迷いも多かったとか。でも橘さんの……櫻木沙友理さんの豪邸を下見に行ったとき、たちまち吹っ切れたそうです。人生に差がありすぎる。不公平だと」

結局そこかと李奈は思った。またしても富裕への憧《あこが》れが人を狂気に走らせる。罪深い手段で格差を縮めたところで、その後の優雅な生活には、絶えず後ろめたさがつきまとうだろうに。

江郷刑事が穏やかにいった。「あなたは偉いですよ。誰と向き合おうがブレない」

「ただのラノベ作家ですから。いっこうに芽がでませんし」

「うちの山崎や佐々木から、あなたのことをきいたとき、正直眉唾《まゆつば》ものだと思いました。推理小説を書いてるからって、事件に貢献したとか、いかにもマスコミ好みのおげさなでっちあげだと」

「合ってます。過大評価ですよ」

「とんでもない。自分でも驚きです。あんな小説みたいな謎解きに出くわすとはね。探偵さんの推理のおかげで、こうして事件の結末を迎えてる」

「準終章です」

「なんですって？」

「終わりからふたつめの章ってことです。結末は本当の締めくくりでしょう。いまは真実があきらかになって、刑事さんとこうやっておだやかに話してる。夕陽もそれっぽい」

「ああ」江郷が控えめに笑った。「いわれてみればたしかにそんな雰囲気です。物語のなかにいるようだ」

「人生は物語かも」

「いえてますね。ひとつの仕事が終わり、また新たな仕事が始まる。いつかはヤマを迎えて、その終章に至る」江郷刑事が李奈を見つめてきた。「これが準終章なら、終章は？」

「主人公によってちがいますよ。刑事さんならどうですか？」

「そうですね。私なら同僚と祝賀会、それから妻に晩酌してもらって締めくくりですか」

「いい終わり方ですね。刑事さんの話で読んでみたかったかも」

「杉浦さんの終章はどうなりますか？」

「わたしは……」李奈は苦笑した。「もう流れでだいたいきまってるでしょう。やっぱ人生は物語ですね。小説みたいなもんです」

「そうでないところもありますよ」

「それはどんなところが……？」

「自分の人生の物語は、誰かほかの作家が書くんじゃありません。自分で書いていくんです」

「へえ」李奈は思わず目を細めた。「名言ですね」

江郷が照れたような反応をしめした。「ありがちな言いまわしですね。作家さんの前で披露するものじゃなかった。じゃこれはどうですか。〝こういう時代には、殺伐とした事件があっても、念入りに計画された犯罪なんてないものだ〟」

李奈は驚いた。「『蝶々殺人事件』じゃないですか。横溝正史《よこみぞせいし》の」

「さすがよく知ってますね。警察学校時代に教官からききました」

「警察学校で？」

「鵜呑《うの》みにはできないと今回学びましたよ。殺伐としながらも、念入りに計画された犯罪だったんですから」江郷刑事が静かに告げてきた。「多くの作家さんたちが天国で、あなたに感謝してると思います。もちろん編集者さんや、それ以外の出版関係者も」

「……〝真実それ自体は醜い。でも探究心ある人にとっては、いつも美しく興味深い〟」

「それも横溝正史ですか？」

「アガサ・クリスティーです」李奈は笑いながら江郷と向き合った。「中央署の嶋仲さんや篠井さんにも、よろしくお伝えください。信じることが大事だと、今後は肝に銘じます」

江郷刑事が微笑とともに小さくうなずいた。「彼らも同じ思いでしょう」

近くの街路灯が点《つ》いた。辺り一帯が黄昏《たそがれ》どきを終えつつあった。警察官の群れのなかから声が飛んだ。江郷さん。

「では」江郷が会釈した。「準終章はこれで」

「ええ」李奈もおじぎをかえした。「いろいろありがとうございました。江郷さん」

四十代のスーツの背が人混みに消えていく。李奈は見送ったのち、ゆっくりとその場を離れていった。

人も家も黒いシルエットに変貌《へんぼう》していた。ほどなく街並みの輪郭は、すべて闇のなかに沈むだろう。それでも心の奥底に火が灯《とも》った気分だ。誰かにとって軽く感じられる言葉でも、自分の胸には深く響くことがある。いまがそうだと李奈は思った。自分の物語は自分で書いていけばいい。ほかの誰の手にも託せない。

24

初夏の陽射しが原色の緑を浮かびあがらせる。櫻木沙友理の家の庭園に、いろの濃くなった斑《まだら》状の影が落ち、明暗の落差を作りだす。視野がキャンバスの風景画のように光り輝いていた。

庭先のテラスにあるテーブルに、李奈はトレーを運んだ。小笠原莉子が腰を浮かせた。きょうはまた子供を夫に託しているらしい。ひとりで来た莉子が、ティーセットを並べるのを手伝いだす。

李奈は笑いながらいった。「座っててください、莉子さん。わたしがやりますから」

「いいの」莉子も満面の笑みで応じた。「これが小説なら、主人公はあなたでしょう」

「絶対にちがいますよ」

「なんで？　あんなにみごとに事件を解決に導いたのに」

「どの報道にも名前が挙がってませんから……」

　ニュースは連日、放火集団殺人の真相を報じている。警察が情報を小出しにしてきたため、いまごろあきらかになったのか、そんなふうに感じることも多い。けれども夏を前に、事件の全容はほぼ、国民にとって共通の知識になった。事件解決を機に、被害者となった作家たちの本が、書店でまた売り上げを伸ばしている。

　李奈は自分の名が発表されるのを遠慮した。真実を知ることになったのは偶然にすぎない。もとはといえば沙友理に誘われ、西田の入院する病院に出向いたのがきっかけだった。経緯も褒められたものではない。〝信頼できない語り手〟に、またしても長いこと翻弄《ほんろう》された。やはり小説にでてくる探偵のまねごとは、現実には困難きわまりない。

　名声よりもっと価値あるものを得た。莉子が指摘してくれたことだ。論理的になったとしても創造性は失われない。むしろさらに高度な創造をめざせるかもしれない。

　李奈はテーブルのわきに立ち、莉子に微笑みかけた。「おかげで次に書くミステリには、もう少し深みがだせそうです」

「ぜひ読んでみたい」莉子がいった。

「だせるかどうかまだわかりませんけど……。なにしろどの出版社もライトな内容が好みらしくて」

沙友理が外にでてきた。涼しげなノースリーブのワンピースをまとっている。穏やかな面持ちで沙友理がたずねてきた。「そのティーセット、使い勝手はどう？　今後は食器類も積極的に活用しようと思って」

「とてもいいですよ」李奈はポットの紅茶をカップに注いだ。「蓋《ふた》を載せる口径は狭いですけど、櫻木さんは食洗機を使うから、そんなに問題ないですよね？」

莉子が解説を始めた。「この素材は炻器《せっき》だから、陶器の吸水性のよさで香りが失われるのを防いでて……」

沙友理が苦笑ぎみに制した。「きょうは鑑定をお願いしてませんから。一緒にお茶を愉《たの》しめればそれで」

李奈は開け放たれたままのサッシが気になった。「ホームセキュリティはだいじょうぶですか」

「ブリュノ警備は解約済み」沙友理は庭を眺めた。「もっと頼りになるセキュリティと契約したの。レオ！」

木陰でのっそりと立ちあがる姿があった。黒々としたドーベルマンが、巨体を揺すりつつ駆けてくる。その迫力に李奈は怯《ひる》みそうになった。ドーベルマンのレオは沙友理に懐いているらしく、寄り添いながらテラスに座りこんだ。

莉子がきいた。「庭の放し飼い、危なくない？」

「全然」沙友理は慣れた手つきでレオを撫《な》でた。「この犬種って案外、人なつっこいの」

紅茶を淹《い》れ終えた。李奈はふたりをうながした。「座りましょう」

三人でテーブルを囲む。阿佐谷のアパートで兄といただく玄米茶とはずいぶんちがう。優雅な庭園でのひととき。たまにはこんな贅沢《ぜいたく》な時間も悪くない。

沙友理がささやいた。「これで杉浦さんが一緒に住んでくれたら安心なのに」

すすりかけた紅茶に軽くむせる。李奈はティーカップを皿に戻した。「お世話にはなれません。ちゃんと自分で頑張って、アパートの家賃を稼いでいきます」

「そうなの？」沙友理はやや残念そうな顔になった。「レオも知的犯罪には対処できないでしょ。仕事仲間の友達が頼りになるなんて最高なのに」

「ご厚意だけありがたく……」李奈は微笑しつつ、莉子に目を移した。「少しは自信を持てたからか、このあいだの問題も解けました」

莉子が顔を輝かせた。「じゃ答えをきかせて」

「数十年にわたり大活躍した作家の話がありましたよね。大手出版社からどんどん刊行。KADOKAWA、講談社、幻冬舎、集英社、新潮社、白泉社、小学館、岩波書店、東京創元社、早川書房。でも健康を害しちゃって、十年ぐらい前に断筆宣言」

「そう」莉子がつづけた。「知り合いの編集者たちが何度呼びかけても、作家は応じなかった。ところが最近、ある編集者が声をかけたとき、作家はふたつ返事で新作を書くといった。印税率は据え置き、部数はごく少なかったのに」

李奈は答えた。「文芸書の大手を網羅してるようで、文藝春秋だけがありません。文藝春秋の編集者から声がかかったんですよね？　芥川賞と直木賞の主催だし、そこでだせてなかったことだけが心残り。作家なら共感できます」

沙友理が目を丸くした。「あーなるほど。それだけの会社からだしてれば、あとは文藝春秋が揃えばフルコンプリートっぽいしね」

「正解」莉子が笑った。「著作権の問題はどう？」

「ええ」李奈は応じた。「すごく独創性に満ちてて、読者もみんな感心しきり。ほかの誰も思いつかないって、みんなが太鼓判を捺《お》してる。なのに著作権が認められず、一字一句同じ内容が、本や雑誌に無断掲載されまくり。でもこの問題、作家とか小説とか、ひとこともおっしゃってない」

「いいところに気がついた」

「棋譜ですよ。将棋でもチェスでも、棋譜そのものに著作権は認められません。読者が感心しきりだったというのは、棋譜が掲載された本や雑誌を見たんですよね？」

「さすが。最後の問題は？」

「こうおっしゃいましたよね。装丁も印刷も製本も完璧《かんぺき》な、有名作家の小説。読みだしたら夢中になって、最初の四十ページ余りを一気に読んだうえ、いまもつづきが気になってる。でも読書する姿を見ても、本を読んでいると世間は認めてくれない。その理由はなぜかと」

沙友理が難しい顔になった。「装丁も印刷も製本も完璧ってことは、電子書籍じゃなくて、ちゃんと紙の本でしょ？　四十ページ余りを読んだからには巻物でもないよね」

李奈は沙友理にいった。「いい線いってますよ」

「ほんとに？」

「四十ページ余りまでは読んだけど、何ページまであるのかは明かしてません。四十九ページ未満なら本とは呼べず小冊子になります」

莉子が深いため息をついた。「杉浦さん。お世辞じゃなく本当に感心した。あなたは真の意味で、本邦初の謎解き小説家だと思う」

沙友理が身を乗りだし、李奈に切実なまなざしを向けてきた。「ねえ。きょうこのあと、代官山《だいかんやま》のレストランに行こうと思ってるんだけど。一緒に来てくれない？」

「ありがとうございます」李奈はティーカップを手に微笑した。「でも優佳とバーガーキングで待ち合わせしてるんです。クーポン券も今週までだし」

解説

若《わか》林《ばやし》踏《ふみ》（書評家）

作者の挑戦的な姿勢が強く伝わってくる小説だ。

『écriture 新人作家・杉浦李奈の推論Ⅴ 信頼できない語り手』は〈écriture 新人作家・杉浦李奈の推論〉シリーズの第五作目に当たる、文庫書き下ろし長編である。本書の内容を紹介する前に、これまでのシリーズを簡単におさらいしておきたい。

主人公の杉浦李奈《すぎうらりな》は、小説投稿サイト「カクヨム」に発表した作品が編集者の目に留まり、デビューを果たした二十三歳の新人作家だ。しかし、これまで刊行した小説は売れ行きとしてはどれも今ひとつで、李奈はコンビニでアルバイトをしながら作家活動を続けている。この李奈が探偵役となり、出版業界で起きる奇妙な事件の謎解きを行う、というのがシリーズの基本形だ。

例えば第一作『écriture 新人作家・杉浦李奈の推論』（二〇二一年一〇月

刊）は李奈が文芸雑誌で「芥川龍之介《あくたがわりゅうのすけ》と太宰治《だざいおさむ》」について対談した岩崎翔吾《いわさきしょうご》という作家に盗作疑惑が持ち上がり、それに端を発する事件に巻き込まれていくという話である。続く第二作『écriture　新人作家・杉浦李奈の推論 Ⅱ』（二〇二一年一二月刊）では、流行作家の汰柱桃蔵《たばしらとうぞう》が未解決の女児失踪《しっそう》事件をなぞるかのような小説を発表した後、失踪するという事件が起きる。第三作『écriture　新人作家・杉浦李奈の推論Ⅲ　クローズド・サークル』（二〇二二年二月刊）は前二作と趣向を変え、孤島に集められた九人の小説家とともに閉鎖状況下での謎解きに李奈が挑む。第四作『écriture　新人作家・杉浦李奈の推論 Ⅳ　シンデレラはどこに』（二〇二二年四月刊）は再び盗作を題材にしながら、童話「シンデレラ」の原典探しという文学趣味に溢《あふ》れた謎を描いている。

では第五作『信頼できない語り手』はどのような話なのか。物語の中心となるのは、都内のホテルで起きた大規模な火災事件である。その日、ホテルの宴会ホールでは日本小説家協会の懇親会が開催されており、小説家や評論家、編集者など出版関係者を含めた二百十八名が亡くなる大惨事となった。宴会ホールからの生存者はわずか二名。一人は六十八歳のベテラン小説家・藤森智明《ふじもりともあき》で、もう一名は二十七歳のホテル従業員である伊藤有希恵《いとうゆきえ》だった。藤森は身を挺《てい》して自分を守った有希恵を養子に迎え、作家活動から引退することを発表する。生還者の心温まるエピソードが注目される一方で、ホテルの出火については物騒な話が持ち上がっていた。現場には放火の痕跡《こんせき》が残されていたため、懇親会に集った大御所作家たちを狙った犯行ではないかという説が流れたのだ。インターネット上では犠牲者の作家たちがいなくなって得をする人間は誰か、という当て推量に基づいた〝疑惑の業界人一覧〟というサイトまで出来上がっており、その中に本作の主人公である杉浦李奈の名前も入っていた。その後、李奈はある人物と出会うことで出火事件の調査へ深く関わることになる。その人物とは、第三作『écriture　新人作家・杉浦李奈の推論　Ⅲ　クローズド・サークル』に登場した〝あの作家〟だった。

　解説冒頭で本書を「挑戦的な姿勢が強く伝わる」と評したが、具体的には四つの挑戦に作者は取り組んでいる。第一の挑戦は言うまでもなく、業界内幕小説としての攻めた書きっぷりだ。シリーズ既刊の巻末解説でも指摘されている通り、本シリーズではＫＡＤＯＫＡＷＡ、新潮社、講談社といった実在の出版社が登場し、業界の裏側がかなりの現実味を持って描かれている。その中で「火災事件で業界関係者が二百名以上亡くなる」という大事件を書くのは、架空の登場人物ばかりとはいえ生々しく、衝撃度は高い。これまでも竹本健治《たけもとけんじ》の〈ウロボロス〉シリーズをはじめ、実在の作家や出版社が事件に巻き込まれるミステリは書かれてはいるが、ここまで大胆な事件を描いた作品は無かっただろう。だが読者が慄《おのの》くのは事件ばかりではない。調査を進める李奈の視点を借りながら読者は出版界の姿を垣間見るわけだが、そこには業界の閉鎖的な体質がもたらす負の側面も時として顔を出す。そうした出版界のマイナス面についても、目を背けず作者は描こうとしているのだ。

第二の挑戦は本格謎解きミステリとしての企みである。〈千里眼〉シリーズや〈万能鑑定士Q〉シリーズなど、多くの人気シリーズを作者は手掛けているが、その中でも本格謎解き小説の要素が最も濃く感じられるのが〈écriture 新人作家・杉浦李奈の推論〉シリーズだ。その理由は幾つか挙げられるが、一番重要な点を選ぶとすればフェアプレイに基づく手掛かりの配置だろう。謎を解くための手掛かりをフェアに提示することは本格謎解き小説の肝であるが、それを作者は業界内幕小説の要素と掛け合わせることで巧みにクリアしているのだ。本書でも読者が真実に辿《たど》り着くためのヒントが巧妙に隠されているので、我こそはと思う方はぜひとも真相当てにチャレンジしてもらいたい。

第三の挑戦は主人公の成長を描いた作家小説であることだ。〈écriture 新人作家・杉浦李奈の推論〉シリーズは杉浦李奈という新人作家が抱く苦悩や葛藤《かっとう》を描く、教養小説としての側面を持ち合わせている。李奈は業界内では駆け出しの作家として扱われ、他の人気作家が持つ才能に羨望《せんぼう》の念を抱き、悩むこともある。本書でも謎解きの傍らで孤独に思い悩みながら歩もうとする李奈の姿が描かれているのだ。作家の懊悩《おうのう》を綴《つづ》った小説はジャンルを問わず多く存在するが、それを成長小説の要素と重ねてシリーズものとして描き続けている点に本書の特長がある。

そして第四の挑戦は、本書の副題である。「信頼できない語り手」とはフィクションの技法のひとつで、視点人物の語りに読者が何らかの錯覚や混乱を起こす仕掛けを示す時によく使われる用語である。ミステリではこの「信頼できない語り手」を利用した名作が数多く書かれている。しかし一部の例外はあるものの、あらかじめ「信頼できない語り手」を題材にした作品であることを公言するミステリは殆《ほとん》どない。「信頼できない語り手」という言葉を聞いた途端に、読者の側に「この小説は語りに何か仕掛けがあるのではないか」という予断を与えてしまうからだ。だが、本書は敢《あ》えて「信頼できない語り手」と小説のタイトルに付けている。果たして、本書における「信頼できない語り手」とは何か。これこそが作者が読者に突き付けた最大の挑戦ではないだろうか。

最後に一つ。カバーを見てお気づきの方もいるだろうが、本書には〈万能鑑定士

Q〉シリーズの凜田莉子が登場する。どこで、どのように繫《つな》がるのかは読んでからのお楽しみだが、これまで松岡圭祐の作品を追いかけてきた読者にとってはこの上ない贈り物になることは間違いない。二つの人気シリーズが交差したことで、新人作家・杉浦李奈の物語はより一層、広がっていくだろう。

本書は書き下ろしです。

この物語はフィクションであり、登場する個人・団体等は、現実と一切関係がありません。

écriture《エクリチュール》　新人《しんじん》作家《さっか》・杉浦《すぎうら》李《り》奈《な》の推論《すいろん》 V
信頼《しんらい》できない語《かた》り手《て》
松岡圭祐《まつおかけいすけ》

令和4年 6月25日　初版発行

発行者●堀内大示

発行●株式会社KADOKAWA
〒102-8177　東京都千代田区富士見2-13-3
電話　0570-002-301(ナビダイヤル)

角川文庫 23219

印刷所●株式会社暁印刷
製本所●本間製本株式会社

表紙画●和田三造

ISBN 978-4-04-112741-4　C0193

角川文庫発刊に際して

角川源義

第二次世界大戦の敗北は、軍事力の敗北であった以上に、私たちの若い文化力の敗退であった。私たちの文化が戦争に対して如何に無力であり、単なるあだ花に過ぎなかったかを、私たちは身を以て体験し痛感した。西洋近代文化の摂取にとって、明治以後八十年の歳月は決して短かすぎたとは言えない。にもかかわらず、近代文化の伝統を確立し、自由な批判と柔軟な良識に富む文化層として自らを形成することに私たちは失敗して来た。そしてこれは、各層への文化の普及滲透を任務とする出版人の責任でもあった。

一九四五年以来、私たちは再び振出しに戻り、第一歩から踏み出すことを余儀なくされた。これは大きな不幸ではあるが、反面、これまでの混沌・未熟・歪曲の中にあった我が国の文化に秩序と確たる基礎を齎らすためには絶好の機会でもある。角川書店は、このような祖国の文化的危機にあたり、微力をも顧みず再建の礎石たるべき抱負と決意とをもって出発したが、ここに創立以来の念願を果すべく角川文庫を発刊する。これまで刊行されたあらゆる全集叢書文庫類の長所と短所とを検討し、古今東西の不朽の典籍を、良心的編集のもとに、廉価に、そして書架にふさわしい美本として、多くのひとびとに提供しようとする。しかし私たちは徒らに百科全書的な知識のジレッタントを作ることを目的とせず、あくまで祖国の文化に秩序と再建への道を示し、この文庫を角川書店の栄ある事業として、今後永久に継続発展せしめ、学芸と教養との殿堂として大成せんことを期したい。多くの読書子の愛情ある忠言と支持とによって、この希望と抱負とを完遂せしめられんことを願う。

一九四九年五月三日

次巻予告

écriture《エクリチュール》新人作家・杉浦李奈の推論 VI

見立て殺人は芥川

松岡圭祐

２０２２年8月25日発売予定

発売日は予告なく変更されることがあります。

角川文庫

これはフィクションか、それとも？
真相は本の中にあり！

好評発売中

『écriture 新人作家・杉浦李奈の推論Ⅱ』

著：**松岡圭祐**

知り合ったばかりの売れっ子小説家、汰柱桃蔵が行方不明に。それを知った新人作家の杉浦李奈は、汰柱が残した新刊を手掛かりに謎に迫ろうとするが……。出版界が舞台の一気読みビブリオミステリ！

角川文庫

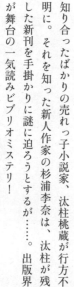

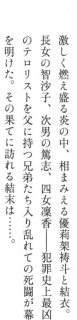

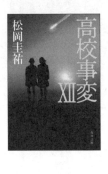

二大ヒーローが躍動する、
極上の娯楽巨篇！

好評発売中

『アルセーヌ・ルパン対
明智小五郎
黄金仮面の真実』

著：松岡圭祐

生き別れの息子を捜すルパンと『黄金仮面』の正体を突き止めようと奔走する明智小五郎が日本で相まみえる！東西を代表する大怪盗と名探偵が史実を舞台に躍動する、特上エンターテインメント作！

角川文庫